Classiques & Contemporains

Bérengère Cournut

# De pierre et d'os

Présentation, notes, questions et après-texte établis par

Stéphane Maltère
*professeur de Lettres*



MAGNARD

# Sommaire



## Après-texte

## BÉRENGÈRE COURNUT

Née en 1979, Bérengère Cournut, un temps secrétaire du traducteur Pierre Leyris et correctrice pour la presse et l'édition, publie en 2008 son premier roman, *L'Écorcobaliseur*. Ses recueils de poésie (*Nanoushkaïa* et *Wendy Ratherfight*), ses contes (*Schasslamitt*) et ses romans sont empreints de l'onirisme et de la beauté du monde. En 2011, au cours d'un voyage dans l'ouest des États-Unis, elle découvre la culture des Indiens Hopi, qu'elle évoque dans *Née contente à Oraibi* (2017). Au Canada, fascinée par l'art simple et puissant des peuples arctiques, elle fait connaissance avec le peuple inuit au travers de sculptures d'animaux. En 2017, une résidence de dix mois dans les bibliothèques du Muséum national d'histoire naturelle lui permet d'approfondir le sujet. *De pierre et d'os* naît alors, « conte poétique et [...] essai ethnologique extrêmement complet, nourri de nombreuses lectures » (Laureline Dubuy, *La Croix*, 1er janvier 2020). Dans ce roman, comme dans la plupart de ses textes, Bérengère Cournut exprime la relation des êtres avec le paysage qui les entoure : « Son récit sobre et vif prend à la gorge, il parle d'une forme d'existence nomade, de communautés pour qui le partage est la règle, et le monde invisible le spirituel » (Frédérique Roussel, *Libération*, 20 septembre 2019). *De pierre et d'os* a reçu à sa sortie, en 2019, le prix du roman Fnac.

# LES INUIT

L'intrigue du roman *De pierre et d'os* se passe chez les Inuit. Ce peuple aux multiples tribus et aux cinq dialectes réunis en une langue, l'inuktitut, vit sur un territoire qui s'étend du Groenland à l'Alaska, autour du cercle polaire arctique. Le Nunavut (au nord du Canada) et le Nunaat (le Groenland) sont les principaux lieux d'existence de ceux qu'on a longtemps appelés les Esquimaux (mangeurs de viande crue) et qu'on appelle Inuit (le peuple, les hommes, les humains) depuis 1977.

De leurs quatre mille années de présence en Arctique, les Inuit ont conservé un mode de vie et des traditions (le nomadisme, la vie en groupes, la chasse, la cueillette), une adaptation à un environnement hostile et un fort attachement à la nature, à ses esprits et au chamanisme.

Les nombreux explorateurs, commerçants, missionnaires, baleiniers et scientifiques qui ont parcouru les eaux et les glaces arctiques ont joué un rôle important dans les changements culturels des Inuit, qui sont parvenus malgré tout à maintenir leur culture vivante à travers la langue, les mœurs, l'art, etc.

À la fin des années 1960, les Inuit accèdent à une reconnaissance internationale ; ils gèrent le Nunavut de manière autonome depuis 1999. La modernité a aussi pénétré leur quotidien : les barques à moteur ont remplacé les kayaks, les motoneiges se sont substituées aux traîneaux à chiens, le harpon a cédé la place au fusil et les maisons de bois offrent un confort que les igloos n'apportaient pas.

## QUELQUES MOTS INUIT

*De pierre et d'os* donne à lire quelques mots d'inuktitut : l'*aglu* (trou de respiration dans la banquise), l'*amauti* (manteau à poche dorsale pour porter le bébé), l'*angakok* (prêtre), *aya aya* (mots d'introduction d'un chant traditionnel), l'*inukshuk* (tas de pierres permettant de se repérer sur la banquise), les *kamik* (souliers), le *tupilak* (objet sculpté en ivoire), l'*ulu* (couteau), l'*umiak* (canot), etc.

Mais les mots les plus connus des Inuit, passés dans la langue française, sont l'*igloo*, le *kayak*, la *parka* et l'*anorak*.

Les chants du roman *De pierre et d'os* non reproduits dans la présente édition sont disponibles à l'écoute sur www.lienmini.fr/77063 ou à l'aide du flashcode ci-contre, avec l'aimable autorisation de LIZZIE

Bérengère Cournut

# De pierre et d'os

*Ce livre a été écrit tout près de François,*
*Émile et Philémon – il est tout à eux.*

## *Note liminaire*

Les Inuit sont les descendants d'un peuple de chasseurs nomades se déployant dans l'Arctique depuis un millier d'années. Jusqu'à très récemment, ils n'avaient d'autres ressources à leur survie que les animaux qu'ils chassaient, les pierres laissées libres par la terre gelée, les plantes et les baies poussant au soleil de minuit. Ils partagent leur territoire immense avec nombre d'animaux plus ou moins migrateurs, mais aussi avec les esprits et les éléments. L'eau sous toutes ses formes est leur univers constant, le vent entre dans leurs oreilles et ressort de leurs gorges en souffles rauques[1]. Pour toutes les occasions, ils ont des chants, qu'accompagne parfois le battement des tambours chamaniques[2].

**1.** Rudes, éraillés, voilés.
**2.** Relatifs aux chamanes, des prêtres-guérisseurs.

# PREMIÈRE PARTIE

## *UQSURALIK*

### 1

C’est la troisième lune depuis que le soleil a disparu derrière la ligne d’horizon – et la première fois de ma vie que j’ai si mal au ventre. Me décoller du corps chaud de ma sœur et de mon frère, me dégager des peaux qui nous recouvrent, descendre de la plate-forme de glace.

Sous son dôme, ma famille ressemble à une grosse bête roulée sur elle-même. D’ordinaire, je respire comme tous du même grognement de mon père, mais cette nuit une douleur me déchire et m’extraie. Enfiler un pantalon, des bottes, une veste – me glisser hors de la maison de neige.

L’air glacé entre dans mes poumons, descend le long de ma colonne vertébrale, vient apaiser la brûlure de mes entrailles. Au-dessus de moi, la nuit est claire comme une aurore. La lune brille comme deux couteaux de femme assemblés, tranchants sur les bords. Tout autour court un vaste troupeau d’étoiles.

La lumière faible et bleutée qui tombe du ciel révèle sous moi un liquide sombre et visqueux. J’approche mon nez de la neige : on dirait que mon ventre délivre du sang et des foies d’oiseaux. Qu’est-ce encore que cela ?

## 2

Penchée sur la flaque, je n'ai pas entendu le grondement au loin. Lorsque je sens la vibration dans mes jambes, il est trop tard : la banquise est en train de se fendre à quelques pas de moi. L'igloo est de l'autre côté de la faille, ainsi que le traîneau et les chiens. Je pourrais crier, mais cela ne servirait à rien.

L'énorme craquement a réveillé mon père, il se tient torse nu devant l'entrée de notre abri. Portant la main à sa poitrine, il me lance sa dent d'ours accrochée à un lacet. Il me jette également un lourd paquet, au bruit mat[1]. C'est une peau roulée serrée. Le harpon qui l'accompagnait s'est brisé sous son poids. J'en récupère le manche, tandis que l'autre partie s'enfonce dans la soupe de glace. Disparaissant lentement, la flèche fait un bruit étrange de poisson qui tète la surface.

La silhouette de ma mère se dresse maintenant au côté de mon père. Ma sœur et mon frère sortent l'un après l'autre du tunnel de l'igloo. Nous ne disons rien. Bientôt, la faille se transforme en chenal[2], un brouillard s'élève de l'eau sombre. Petit à petit, ma famille disparaît dans la brume. Le cri de mon père imitant l'ours me parvient, de plus en plus lointain – jusqu'à s'éteindre tout à fait. Un silence lugubre envahit mes oreilles et me raidit la nuque.

---

**1.** Qui résonne faiblement.
**2.** Courant d'eau entre deux terres, entre deux glaces, qui forme un canal.

## 3

Avant que le brouillard n'engloutisse tout, je ramasse l'amulette[1] et la passe autour de mon cou. À quelques pas de là gît[2] la peau roulée – c'est celle d'un ours. Par chance, mon couteau en demi-lune est resté dans la poche de ma parka. J'utilise son manche en ivoire pour dénouer les liens. Le harpon va me manquer cruellement. Mon père devait être ému pour rater un tel lancer.

Le brouillard qui sort de la faille s'épaissit à présent. La lumière de la lune n'est plus qu'un halo diffus[3]. Je dois me diriger à l'oreille, en me fiant au bruit de l'eau et des glaçons. Le manche du harpon me sert à sonder la glace devant moi, et ne pas passer au travers.

Soudain, un crissement attire mon attention. Craignant un nouvel effondrement, je m'allonge et j'attends. Si une crevasse se forme sous moi, elle ne fera pas tout de suite la taille de mes membres écartés. Bizarrement, le bruit se prolonge, mais ne se déplace pas. On dirait que quelque chose remue quelque part. Ça grogne, ça souffle, ça fouit[4]. Mon cœur se serre : et s'il s'agissait d'un esprit lancé à ma poursuite ? Et si la faille était l'œuvre de Torngarsuk ? Et si cet être maléfique abattait sur moi son énorme bras pour m'écraser comme un moustique ? Tout en sachant que c'est dérisoire[5], je rabats la peau d'ours sur ma tête. Et continue de guetter par en dessous ce qui se passe.

À quelques pas, la neige se soulève comme une vague. Un frisson d'épouvante me parcourt l'échine… pour finir en sursaut de joie : c'est

---

**1.** Objet qu'on porte sur soi et dont la magie éloigne les dangers et les maléfices.
**2.** Est étendue, repose.
**3.** Cercle lumineux qui se répand dans de multiples directions.
**4.** Creuse la terre.
**5.** Inutile, insuffisant.

Ikasuk qui se dresse devant moi ! La meilleure chienne de mon père. Elle et quatre jeunes chiens devaient être enfouis là, sous un monticule de neige, lorsque la banquise s'est fendue. Ils aboient. Le reste de la meute répond au loin, mais le vent couvre bientôt ces voix fantomatiques. Je suis seule – avec cinq chiens fraîchement sortis du néant.

Me relevant, j'observe les jeunes mâles. Ils ont une envie furieuse de sauter à l'eau. Je m'approche d'eux, je ne bouge pas, je ne dis rien. Ils me regardent d'un air sournois. Ils ont l'air de penser que j'y suis pour quelque chose, que cette situation est ma faute. Je m'avance pour leur faire face.

Soudain, l'un d'eux bondit vers moi. Je me jette sur un tas de neige pour lui échapper. Les autres grognent, les babines retroussées. Passé par-dessus ma tête, le chien a atteint l'endroit où je me tenais lorsque la banquise s'est fendue. Il est comme fou. Il grogne, il gratte, se déchire la gueule sur la glace. Il est en train de dévorer le sang coagulé[1] qui s'est échappé de mon ventre.

Les trois autres mâles me scrutent[2] désormais comme une proie. Je me lève brusquement et crie le nom d'Ikasuk. D'un bond, la chienne se place entre eux et moi. Le premier mâle, qui est de l'autre côté, me saute sur le dos. Ikasuk fait volte-face. Il y a des jappements, des grognements, des coups de dents. Enfin, un hurlement strident : la chienne a saisi la gorge de son adversaire entre ses mâchoires, du sang frais coule sur la neige. Sans relâcher son étreinte, elle fixe les trois autres d'un œil vif. C'est elle qui domine, prête à me défendre. Les jeunes mâles se rendent sans insister. Ils la regardent maintenant comme s'ils venaient simplement de jouer avec elle une bonne partie autour d'un os.

1. Séché.
2. M'observent avec attention.

# 4

Le brouillard ne désépaissit pas, il faut s'éloigner de l'eau noire. Je saisis la peau d'ours entre mes bras et marche dans une direction que je pense être opposée à la faille. La brume est si dense qu'en quelques pas à peine, je pourrais changer de cap sans m'en apercevoir. Les chiens me suivent d'un pas léger. Je garde un œil sur eux, veillant à ce qu'Ikasuk se trouve toujours entre les jeunes et moi.

Enfin, le nuage craché par la mer entre ses deux lèvres de glace cesse brutalement. Je retrouve d'un coup la lumière bleutée de la lune, la banquise s'étend devant moi. Elle est hérissée de crêtes acérées et de blocs infranchissables. Ma seule chance de survivre est de rejoindre un bout de terre, une de ces montagnes au loin. En espérant qu'aucune autre faille ne m'en empêche, et que la lune reste présente assez longtemps pour éclairer mon chemin. Je dois marcher tant qu'elle sera là, sans me retourner.

Je ne sais pas combien de temps il se passe avant que je sois contrainte de prendre un peu de repos. Je choisis un monticule assez haut pour me protéger du vent. La lune a disparu derrière l'horizon, mais grâce aux étoiles le ciel est encore clair. Je ne pense à rien – surtout pas à ma famille, ni au camp d'hiver que nous avons laissé derrière nous. J'ignore combien d'obstacles me séparent du rivage et des autres humains.

En fouillant dans la poche de ma culotte de peau, je trouve de la viande crue et des morceaux de graisse. Mon père me les a donnés hier, avant que nous partions à la chasse. Je repousse cette image de toutes mes forces et croque un tout petit morceau de viande gelée. Les chiens me regardent. Ils sont habitués à ce que mon père et moi mangions avant eux. Mais nous ne sommes pas à la chasse, et je ne leur donnerai rien pour le moment.

… J'ai dû m'assoupir quelques instants en regardant le ciel, le museau d'Ikasuk contre ma jambe me réveille en sursaut. Il ne faut pas dormir. Les chiens reniflent mon pantalon qui sent la viande. Sans rien leur donner, je roule ma peau d'ours et reprends ma course. Les montagnes se tiennent loin, dans une ligne bleu foncé.

## 5

J'ai marché ainsi trois jours, dans le froid et la lumière des astres. Les chiens n'ayant que peu d'efforts à faire, je m'abstiens toujours de les nourrir. À l'exception d'Ikasuk, à qui j'ai donné un petit morceau de graisse le deuxième jour. Ça a déclenché une bagarre au cours de laquelle elle a de nouveau montré qu'elle était la cheffe de meute. C'était le but. Excités par l'injustice, les jeunes mâles ont trouvé l'énergie d'aller chasser seuls. Je ne sais pas jusqu'où ils sont allés, mais ils sont revenus avec du sang séché sur les babines et des touffes de poils blancs sur la gueule. Probablement quelque renard ou lapin arctique égaré sur la banquise. Nous ne sommes donc pas si loin de la terre ferme.

Suivant les chiens, j'arrive en vue de ce qui, au printemps ou à l'été, redeviendra une île. De loin, le relief en est plus doux et plus ample que celui de la banquise. Je vois aussi la silhouette d'un *inukshuk* – tas de pierres rassurant à forme humaine. Des hommes ont campé ici.

Lorsque j'atteins l'île, le noir est complet autour de moi. Le bruit plus sourd de la glace sous mes pas indique que je suis enfin sur la terre ferme. Je me repose quelques instants dans ma peau d'ours. Et me dis que c'est la dernière fois : soit je trouve un abri pour le prochain repos, soit je meurs de froid ici, sur ce rivage. Depuis trois ou quatre jours que je marche sur la banquise, mon corps n'est plus que douleurs et faim. J'ai trouvé l'énergie de venir jusqu'à cette île en m'efforçant de ne penser à rien, mais maintenant que j'y suis, je perçois à quel point je suis seule. Ma survie ne tient plus à grand-chose. Je suis trop jeune pour avoir déjà rencontré un esprit capable de me sauver. Couchée contre moi, Ikasuk est ma seule protection contre la mort – et ce n'est qu'un chien.

## 6

Au matin, dans la faible lueur de l'aube, je fais le tour de l'île sous ma peau d'ours. C'est une petite île. De celles sur lesquelles on laisse les chiens durant l'été, lorsqu'on n'a plus besoin d'eux. Deux côtes et un fémur[1] dépassant de la glace sous une pierre indiquent même que l'un d'entre eux est mort ici la saison passée. Je dégage son squelette et détache quelques os. Le premier est pour Ikasuk, le deuxième, que je brise sur la dalle, est pour moi. Je fourre les autres dans ma poche. J'en ferai peut-être quelque chose, plus tard.

Un peu plus loin, contre un rocher, à moitié enfouie dans la neige, je trouve une pointe de flèche en ivoire. Abîmée, émoussée, mais qui peut encore servir. Qui a bien pu l'abandonner ici ? En fouillant aux alentours, je finis par découvrir également une tente de peaux effondrée. Elle est gelée, dure comme de la pierre, il n'y a rien à en tirer. Il me faut construire un abri.

---

**1.** Os de la cuisse.

Je lie la flèche à mon manche de harpon et commence à tailler des blocs dans la neige. C'est beaucoup plus difficile qu'avec un long couteau plat. Quand je monte les blocs les uns sur les autres, la neige n'accroche pas. Ma spirale n'est pas régulière. J'ai envie de pleurer, mais cela ne servirait à rien, alors je continue, les mains gelées malgré mes moufles. Finalement, les plaques se rejoignent tant bien que mal au-dessus de ma tête, me coupant du vent et du froid extérieur. Je m'effondre sans force. Ikasuk est restée avec moi dans la fosse, nous nous endormons l'une contre l'autre dans l'igloo clos de toutes parts.

… Quand je me réveille, de la lumière filtre à travers les jointures des blocs. Ça ne peut pas être le jour, trop bas à cette période de l'année. La lune a dû se lever à l'ouest. Les chiens hurlent au-dehors. Je mets dans ma bouche le dernier morceau de viande gelée qui me reste, suçant la graisse, recrachant les fibres pour plus tard et cédant un bout de cartilage à Ikasuk. Les autres chiens le sentent, aboient et commencent à gratter les parois de l'igloo. Dans mon état de faiblesse, j'ai peur de leur faire face. Je voudrais attendre qu'ils s'en aillent pour sortir, mais Ikasuk commence elle aussi à montrer des signes de nervosité. Les oreilles rabattues en arrière, elle me regarde en grognant.

Alors je prends l'espèce de lance que j'ai confectionnée, et je frappe le mur de l'igloo. Un bloc de neige finit par céder, Ikasuk sort en furie par le trou. Un des jeunes mâles se jette immédiatement sur elle. Sans réfléchir, je jaillis à mon tour et frappe de toutes mes forces, en plein dans les côtes. Transpercé de part en part, le jeune mâle râle quelques secondes sur la neige avant de rendre son dernier souffle. Les trois autres aboient la tête au ras du sol en me regardant férocement – mais à distance.

Je ramène le chien encore chaud entre les murs de l'igloo, je remets la porte en place et je le dépèce[1]. Sa viande est infecte, mais le sang tiède ramène la vie en moi. Je le sens couler dans mes bras, qui tremblent encore du geste qu'ils viennent d'accomplir, et atteindre mes mains gelées. Mon corps et mon esprit se réveillent, je découpe autant de bons morceaux que je le peux avec mon couteau en demi-lune, mon précieux *ulu*. Je les lie avec une petite courroie et les enfouis dans un trou, à même la glace. Je mets également les os de côté, puis ressors jeter les restes aux chiens. Tout est dévoré en quelques secondes. C'est comme s'il n'y avait jamais eu quatre jeunes mâles – seulement trois.

## 7

Je sais que les morceaux de ce chien ne me nourriront pas longtemps. Et que les autres, affamés, ne me laisseront pas de répit. Chasser avec eux, apprendre d'eux, ou bien mourir par eux – il n'y a pas d'autre choix possible. Je ressors donc, ma peau d'ours sur la tête et ma lance à la main. Provisoirement rassasiés par la chair de leur congénère[2], les chiens me suivent, dociles, presque respectueux.

Je suis déjà allée chasser seule quelques fois. Mais avec des armes fiables, fabriquées par mon père spécialement pour ma main. Là, je n'ai qu'une lance rafistolée dont la pointe se brisera au moindre choc. Tuer

---

**1.** Mets en morceaux, démembre un animal.
**2.** Semblable, de la même espèce.

moi-même sera difficile. J'ai plus de chance de survivre si je dispute leurs proies aux chiens pour avoir ma part. Pour cela, je dois prendre la place d'Ikasuk comme cheffe de meute. Ne plus laisser la chienne passer devant. M'imposer face aux jeunes mâles. Crier chaque fois qu'ils m'approchent et, s'il le faut, montrer les dents.

Longeant le rivage, j'aperçois au loin un renard arctique qui s'aventure sur la banquise. Je lance les chiens à sa poursuite, mais le renard a trop d'avance : il fait demi-tour et se réfugie sur l'île. C'est raté pour cette fois, mais j'ai vu l'endroit où il se cache.

Sa trace mène à un trou creusé sous une pierre, elle-même dissimulée par une épaisse couche de glace et de neige. Il y a à peine de quoi glisser un bras – et le renard se tient sans doute encore bien loin de là. Ni moi ni les chiens ne pourrons le déloger dans l'immédiat. Je les envoie chasser un peu plus loin, tandis que je cherche d'autres traces alentour. La présence de renards s'accompagne toujours de celle d'autres prédateurs ou de petites proies, dont je peux espérer faire mon gibier.

En faisant le tour du rocher, j'aperçois plus loin une autre pierre, plus plate. Elle ressemble à ces dalles sous lesquelles on stocke de la nourriture. L'*inukshuk* dressé sur cette île prouve que des chasseurs y sont déjà venus. Peut-être y a-t-il encore quelque chose là-dessous, que je pourrais manger ?

Je rappelle les chiens à moi. Arrivés près de la dalle, ils reniflent, remuent la queue, grognent – puis s'éloignent. Et reviennent aussitôt. « Cherche, cherche encore ! » Ikasuk aboie, les autres sont indécis, nerveux. Si j'avais un harnais, je tenterais de leur faire soulever la pierre, mais dispersés, les chiens ne réussissent qu'à sortir trois lemmings[1] – dont ils ne font qu'une bouchée.

---

**1.** Petits mammifères rongeurs ressemblant au hamster.

### *Chant du père*

*Aya aya!*
*La nuit est tombée*
*Nous avons marché*
*La banquise s'est brisée*

*Aya aya!*
*J'avais une fille*
*L'eau a ouvert sa bouche*
*Pour me l'enlever*

*Elle est seule*
*Avec une dent d'ours*
*Et quelques chiens*
*Je n'entends plus ses pas*
*Je ne vois pas son chemin*

*Ce matin, la banquise m'a parlé*
*Bientôt, bientôt le jour va se lever*
*Et dans une poche de nuit*
*Elle va trouver quelqu'un à qui parler*
*Et tout oublier*

*En attendant, nous sommes toujours son père*
*Nous sommes toujours sa mère*
*Nous sommes toujours sa sœur et son frère*
*Aya, aya!*

*On se retrouvera plus tard*
*Un jour, au fond de l'eau*
*Au royaume de Sedna*
*Aya, aya*

## 8

Les jours suivants, je reviens souvent autour de la dalle. Les chiens finissent par surprendre le renard et je parviens à leur soustraire suffisamment de viande pour me dénouer l'œsophage, tromper les crampes de mon estomac. Je sauve aussi de leurs crocs un bout de peau pour renforcer mes moufles, que j'ai usées à force de gratter le sol. Je suis sûre que quelque chose se cache là-dessous. Je reviens sans cesse creuser la neige, entailler la glace, dégager les moindres failles et les plus petits trous. Quelque chose m'appelle. Je finirai par trouver.

Ma lance s'est cassée. Je n'ai pas de regrets, le manche était fendu, la flèche ne valait rien. Les débris me permettent de continuer à forer, évider… Et lorsqu'il n'y aura plus que des éclats, ils me serviront encore à racler les parois pour aller plus loin.

Quand je ne creuse pas et que je ne dispute pas aux chiens ma ration de leurs petites chasses – un lapin arctique hier, une perdrix des neiges aujourd'hui – je me repose dans l'igloo. J'essaie de ne pas perdre le décompte des jours, en marquant chaque aurore d'une petite entaille dans ma peau d'ours.

## 9

Ce matin encore, l'aube me trouve couchée contre la neige. Là-bas à l'est, quelques rayons de soleil passent péniblement l'horizon, mais je n'y prête pas attention : les deux bras plongés dans la faille, j'essaie d'élargir le passage le long de la dalle.

Soudain, alors que j'ai la tête plongée dans le noir, j'entends des sons étranges. On dirait des bruits de bouche et de narines. Ça inspire, ça expire, ça renâcle. Je lève la tête. Je m'attends à trouver un morse ou un phoque près de moi, mais il n'y a que la banquise déserte. Les sons viennent d'en bas.

Je colle mon oreille à la dalle et frappe dessus avec les poings. Des grattements frénétiques[1] me répondent, confirmant que quelqu'un se trouve là-dessous. Seul un géant peut faire vibrer une dalle de ce poids. Pour lui montrer que j'ai compris et qu'il peut cesser de s'esquinter[2] les griffes, j'imite moi aussi le bruit du phoque, comme un chasseur sur la glace. Les grattements cessent et un chant affreux s'élève, qui me blesse les oreilles et fait grincer mes dents.

***Chant du géant I***

*Ei! Ei!*
*Tu es arrivée chez moi*

*La dalle est mon ventre*
*La dalle est mon épaule*
*Mes jambes et mon dos*

*En frottant la pierre*
*Tu me chatouilles les côtes*
*Et fais résonner mon crâne*

---

**1.** Violents, déchaînés.
**2.** S'abîmer.

*Va-t'en, va-t'en*
*Je n'ai pas besoin de femme*
*Va-t'en*
*Car j'ai très faim*
*Mais ne peux pas manger*
*Sans souffrir horriblement*
*Ma bouche avale*
*Mais mon ventre bouché*
*Ne redonne rien*

*Je ne veux pas de toi*
*Ni en chair ni en chant*
*Je suis de noir et de nuit*
*Tu es de neige tiède et de sang*
*Va-t'en*

*Tu es jeune*
*Tu es grasse*
*Tu es tendre*
*Je préfère les cadavres*
*Une vieille ou un vieux*
*C'est tout ce qu'il faut*
*À un cul-de-sac comme moi*

*Aya aya !*
*Je suis géant*
*Je suis griffu*
*Je n'ai pas besoin de toi*
*Va-t'en, va-t'en*
*Que je ne te revoie pas*

## 10

Le géant a parlé, je dois quitter son île. Que faire? Marcher vers les montagnes et la lumière? Ou tâcher de rejoindre le rivage? La glace est encore là pour longtemps, mais elle n'offre pas beaucoup de gibier. Si j'avais avec moi le harpon entier de mon père, je pourrais chasser le phoque. Mais avec les petits bouts de lance qu'il me reste, il n'y faut pas penser. Et puis on ne chasse pas en mer avec les armes qui ont tué sur terre.

Les chiens me suivent, j'ai remis la lourde peau sur ma tête. Marcher ainsi, sans traîneau, dans la pénombre, est insensé. Mais je ne sais pas quoi faire d'autre. Les montagnes sont trop loin, je dois chercher à rejoindre la côte coûte que coûte. À quelle distance se trouve-t-elle? La banquise ne donne aucun indice. Elle se tord partout comme une onde tourmentée, n'ouvre aucun chemin – que des brisures.

Vers la fin de la journée, quelque chose se dessine au loin. Deux petites taches sombres qui se déplacent sur l'horizon. Des attelages. J'entends bientôt les ordres donnés aux chiens. *Ili, ili* – à gauche. *Ion, ion* – à droite. Savent-ils seulement où ils vont?

L'homme qui dirige le premier attelage lève plusieurs fois les bras vers le second. Leur route semble vouloir croiser la mienne. Se peut-il que de loin ils me prennent pour un ours véritable? Je lance mes chiens sur les leurs; les deux meutes s'aplatissent face à face, en grognant l'une sur l'autre. Les hommes rappellent leurs chiens et s'avancent seuls vers moi. Je pose ma peau au sol pour les attendre.

## 11

Le groupe que j'ai rejoint est composé de trois familles. Celles de deux frères et leur sœur, dont le mari est mort récemment. Parmi les enfants, il y a deux fils plus âgés que moi, un jeune garçon et trois petites filles. Ils ont quitté un grand campement d'hiver après les fêtes du solstice[1], car leurs réserves de nourriture étaient épuisées. Depuis, le vent n'a pas soufflé assez fort pour ouvrir des couloirs de circulation aux phoques et la pêche à l'*aglu* – au trou de respiration – n'a rien donné. Je leur dis qu'au large, au-delà de l'île que je viens de quitter, la glace s'est fendue. Ils disent qu'il ne faut pas aller là-bas avant la naissance des phoques annelés[2], car les failles qui s'ouvrent alors ne se referment pas. Ils ne me demandent pas comment je sais que l'eau fume là-bas, je tais le fait que ma famille a disparu dans le brouillard.

Pourtant, ces gens me connaissent. Nous avons partagé le même camp trois étés de suite, à un endroit que l'on appelle Tullaat. Les deux frères savent que mon père est un excellent chasseur. D'ailleurs, ils veulent tout savoir de la peau d'ours que j'ai sur le dos : qui a tué l'animal, combien de chiens étaient là, comment s'est passée la traque. Ils ont du mal à croire que, ce jour-là, il n'y avait que mon père et moi. Ils plaisantent entre eux : « La peau est large, l'ours devait être fort – mais un peu stupide, pour se laisser tuer par un homme seul et une gamine ! »

Je ne peux laisser insulter ni l'ours ni la personne qui l'a tué, alors je raconte : « C'était au jeune hiver. Les phoques avaient déserté nos lieux de chasse habituels, alors nous nous sommes aventurés au-delà du fjord[3],

1. Un des temps de l'année où le soleil se trouve le plus éloigné de l'équateur.
2. Marbrés, qui possèdent des taches en forme d'anneaux sur le corps.
3. Vallée glaciaire.

là où la banquise se brise facilement. J'étais dans l'igloo de neige avec ma mère, à mâcher des peaux pour les assouplir, quand mon frère et ma sœur, qui jouaient dehors depuis le matin, ont réclamé à manger. Ma mère est sortie pour regarder la hauteur du soleil à l'horizon, puis elle m'a demandé de porter quelques morceaux de viande à mon père, parti depuis plusieurs heures. Quand j'ai commencé à marcher vers l'eau libre pour le rejoindre, il n'était qu'un petit point au loin.

« Lorsque je suis arrivée à portée de voix, j'ai d'abord levé les bras, afin de ne pas perturber sa chasse. Bien que tourné vers moi, il est resté immobile. Alors j'ai déposé la viande enveloppée là où j'étais. Je m'apprêtais à retourner vers notre abri, quand j'ai jeté un dernier regard vers l'eau. Et là, derrière lui, j'ai vu un bloc de glace scintiller. Mon père était lui aussi, maintenant, tourné vers le large. Finalement, il a levé les bras dans ma direction pour que je le rejoigne. En chemin, je suis tombée sur sa parka et une lance qu'il avait laissées en arrière. J'ai pris la lance et j'ai continué à marcher vers lui.

« Sur le bloc de glace, un ours était en train de chasser. Il avait probablement vu mon père, mais ne s'en souciait guère, étant donné qu'il était seul et sans chien. Le vent venait du large, et peut-être qu'il ne m'a pas sentie. En tout cas, désormais, nous étions deux près de lui.

« Quand je suis arrivée à sa hauteur, mon père avait l'œil qui brillait. "Tu as vu cet ours la première, n'est-ce pas ? Il est donc pour toi." Me tendant son fusil d'une main, de l'autre, il a saisi la lance que j'avais ramenée. Son harpon sur le dos, il a sauté d'un bloc de glace à l'autre – jusqu'à atteindre la zone où se tenait l'ours. Dérangé, l'animal a plongé dans l'eau, mais sans renoncer à sa partie de chasse : il est remonté sur la glace quelques mètres plus loin. Mon père a alors armé son harpon et tiré dans sa direction, mais sans chercher à l'atteindre. L'ours a replongé dans l'eau, et nous ne l'avons plus vu. Mon père me regardait, je ne savais pas quoi faire, à part tenir le fusil contre ma joue.

« Puis l'ours est réapparu dans une gerbe, sur le bord épais de la banquise. Il avait jailli d'un bond, encore bleu de l'eau qui ruisselait sur sa fourrure. Il n'était qu'à une dizaine de mètres de moi, et découvrait ma présence en même temps que je pointais le fusil vers lui. “Tire!” a crié mon père. Et j'ai tiré. Une fois, dans le flanc droit. L'ours a reculé, mais il n'est pas tombé. Il a poussé un grognement terrible en se dressant sur ses pattes arrière. J'ai tiré une deuxième fois, dans le flanc gauche. J'espérais avoir atteint le cœur, mais l'ours hurlait encore, en titubant vers moi.

« C'est mon père, finalement, qui l'a achevé, d'une flèche dans la gorge. L'ours s'est affalé à quelques pas de moi, sans vie. Mon père était tout près. »

Je ne le précise pas aux deux hommes qui m'écoutent, mais à ce moment-là, les yeux de mon père étaient emplis de joie et de fierté. J'avais tué mon premier ours. L'aînée de ses enfants était désormais un chasseur accompli.

« Je croirais plus volontiers cette histoire si c'était ton père qui la racontait », finit par dire l'un des deux frères. L'autre ajoute : « Tu viendras bientôt à la chasse avec nous, et nous verrons si tu es aussi brave que tu le dis. En attendant, ne raconte pas de mensonges aux femmes. »

Je n'ai pas l'intention de raconter de mensonges aux femmes. Ni à personne d'autre d'ailleurs.

## 12

La maison d'hiver que partagent les trois familles est en mauvais état. Les poutres qui reposent sur le talus à l'arrière sont inégales, elles sont prolongées par de vieux os de baleine tout rongés. Par endroits les peaux qui servent de toit partent en lambeaux. Il arrive que de la tourbe[1] tombe sur la lampe à huile ou dans la cuve d'eau. Cela ne semble déranger personne.

Je partage le compartiment du fond avec la veuve et ses deux petites filles. La plupart du temps, celles-ci me regardent en souriant timidement. Parfois, elles rient entre elles avant de se réfugier contre leur mère. Elle, en revanche, ne semble pas vouloir nouer de contact avec moi. Peut-être a-t-elle encore trop de chagrin. Je ne sais pas depuis quand son mari est mort.

Les deux autres femmes sont plus enjouées, et me font volontiers participer aux travaux de la maison. Jusqu'au jour où les hommes annoncent qu'ils vont partir à la chasse, et m'emmener. Le regard des deux femmes change, j'y lis de l'inquiétude. Pour elles ou pour moi ?

Nous partons le lendemain, avec deux traîneaux. Le plus âgé des deux frères, que les autres appellent Utoqaq – le Vieux – ordonne que je coure à côté du sien. Nous partons loin, je dois courir longtemps.

Ce matin-là, nous ne rencontrons aucun gibier à part quelques renards. Les deux frères me confient quand même un fusil. Ils me demandent de débusquer des lemmings pour les tirer. Je ne le fais pas. Nous rentrons le soir sans rien à manger. Les femmes ne me parlent pas.

---

**1.** Matière qui se forme dans la vase par la décomposition de débris végétaux.

Un autre jour, nous partons à cinq, avec leurs fils aînés. Assez vite, nous croisons une colonie de morses. Un jeune mâle se tient à l'écart du groupe – c'est la proie idéale. Embusqués derrière un monticule de neige, les deux frères me désignent pour approcher l'animal. Je n'ai jamais chassé le morse, et je ne sais pas imiter son cri. Ils m'obligent à ramper sur la glace vers lui. Tout ce que je réussis, c'est à le faire fuir. Le Vieux se met en colère. Son frère lui rappelle que c'est de leur faute. Leurs fils s'en mêlent. Je n'ai jamais vu des hommes si nerveux à la chasse.

Pendant qu'ils règlent leurs comptes, je repère au loin un groupe de phoques annelés. Je m'éloigne dans leur direction. Mon père m'a appris à les chasser. Allongée sur la glace, je blatère[1] comme eux, j'imite leur langage. Je sais presque m'en faire aimer. C'est à la lance que je les tue le plus efficacement. Selon que je repère une femelle ou un mâle, je crie comme un petit qui s'est perdu ou bien comme un jeune rival. Je m'approche jusqu'à pouvoir sentir leur souffle, et je brandis ma lance. Dans le flanc – d'un coup. Le sang se répand, je dis les mots qu'il faut pour remercier l'esprit de l'individu qui s'est livré.

C'est ainsi que, ce jour-là, je ramène aux hommes un beau mâle bien gras. L'un des fils m'aide à le découper. Nous mangeons chacun notre part en silence, puis nous portons le reste jusqu'au camp. Le soir, tandis que nous sommes tous rassemblés sur la plate-forme de la maison d'hiver, à sucer bruyamment les os des côtes et des pattes, le Vieux lance à mon intention, dans un mélange d'ironie et de reconnaissance : « *Arnaautuq !* » Garçon manqué. Désormais, ce sera mon nom dans le camp.

---

1. Crie (en imitant l'animal).

## 13

Les hommes ne m'emmènent pas toujours à la chasse, mais quand c'est le cas, je leur porte plutôt chance et tire souvent mon propre gibier. Cela me donne l'impression de n'être pas un poids pour le groupe. Malgré cela, le Vieux est irascible[1]. Il cherche sans cesse à me mettre en difficulté. Il ne veut jamais que je monte sur le traîneau et m'expose au danger. Un jour, il a même failli me tirer dessus. C'est son neveu qui a détourné le coup. Lui a dit froidement qu'il ne courrait jamais le risque de rater une proie parce que je ne me tenais pas là où il faut.

Un matin du jeune printemps, il me réveille pour que je sorte avec lui dans la nuit. Sa sœur, dont je partage le compartiment sur la plate-forme, mais qui n'a jamais manifesté d'intérêt à mon égard, se tourne vers moi. Cachée sous sa peau, elle me fait signe de ne pas y aller. Le Vieux m'attend debout, déjà équipé ; je n'ai pas d'autre choix que de m'habiller. En chaussant mes *kamik*, je remarque que le regard de la femme s'est figé dans une sorte de terreur.

Dehors, les chiens sont attelés, le traîneau est prêt. Le Vieux fait claquer son fouet et je dois commencer à courir. Le vent souffle et soulève une poudre de neige qui m'aveugle. Je dois me tenir le plus près possible du traîneau si je ne veux pas le perdre de vue. Je ne sais pas où nous allons. Ce n'est pas un bon jour pour chasser.

Au bout d'un moment qui me paraît être une journée entière – ça ne doit pas être le cas, car je vois encore le soleil en transparence derrière la couche de nuages – nous nous arrêtons sur ce qui doit être une île au milieu de la banquise. Un récif[2] plutôt, tant le relief en est escarpé[3].

1. Qui s'emporte facilement, coléreux, irritable.
2. Rocher ou iceberg à fleur d'eau.
3. En pente raide.

L'homme détache les chiens, et dit que nous devons chasser là quelque chose pour les nourrir. Je ne vois pas quoi, par ce temps. Il dit que des lièvres arctiques se tiennent sans doute dans ce trou, que je dois y entrer et les débusquer. Je dois me baisser, gratter la neige avec un couteau, m'écorcher au rocher saillant sous la glace et ramper encore pour pénétrer dans la faille.

Soudain, la lumière s'évanouit. L'homme est entré, son corps empêche le jour de passer. Dans le noir, il saisit mes hanches entre ses mains et les tord de toutes ses forces. Si je ne me tourne pas, mes vertèbres céderont comme celles d'un lièvre. Maintenant dos au sol, je sens le poids du Vieux sur moi. Ses mains passent sous ma veste, dénouent mon pantalon. Je sens la glace sous mes cuisses et quelque chose de chaud devant. Qui se dilate[1]. Je voudrais éloigner ça de moi, mais la main de l'homme saisit la mienne et me la coince sous la gorge. Ça sent l'urine des peaux tannées et l'animal qui a peur. Plusieurs soubresauts[2] agitent le corps du Vieux puis un liquide tiède se répand. Il s'affaisse dans un souffle. La bascule libère mon bras gauche, qui peut saisir le couteau tombé près de moi. Je lui en assène un coup dans le flanc – je ne sais pas exactement où. Sûrement pas dans le cœur, car le Vieux se rétracte comme un phoque sous la banquise. La lumière jaillit dans la faille, je suis allongée les pieds vers la sortie. J'entends les chiens, je ne peux pas sortir.

***Chant du Vieux***

À écouter sur www.lienmini.fr/77063-01

1. Gonfle, augmente de volume.
2. Sauts brusques, tressaillements.

## 14

Je ne cours pas près du traîneau, j'y suis posée comme un paquet de viande gelée. Le regard noyé dans le blanc du ciel, l'esprit opaque.

Un peu avant d'arriver au camp, le Vieux me fait tomber au sol. Il me roule dans la neige, me replace sur le traîneau et m'amène à sa sœur, dans la maison d'hiver enténébrée[1]. La femme me tire jusqu'à notre compartiment et me roule dans ma peau d'ours. Pour la deuxième fois, elle cherche mon regard – très fortement. Mais je ne suis pas capable de le lui donner. « Il ne fallait pas y aller, il ne fallait pas te laisser y aller », dit-elle, s'adressant à elle-même autant qu'à moi. Je m'endors.

À mon réveil, ses deux petites filles sont blotties contre moi. Elles me sourient, mais leurs yeux sont tristes. L'une d'elle mâche de la viande séchée qu'elle essaie ensuite de me mettre dans la bouche. Je ne peux pas desserrer les mâchoires.

Plusieurs jours se passent comme ça, durant lesquels je reste prostrée. J'entends les femmes des deux frères se plaindre que la chasse n'est pas bonne, que leurs hommes sont bizarres, que leurs fils sont nerveux. La sœur qui s'occupe de moi, elle, est silencieuse. Seuls ses yeux parlent, me parlent, m'enveloppent d'une étrange amitié – comme si, désormais, nous appartenions au même monde, sans que les autres s'en doutent.

Un matin, le Vieux ne peut pas se lever. Il a une mauvaise blessure au flanc, qui ne veut pas guérir. Sa femme a peur, je l'entends qui pleure. L'autre femme, celle du frère, vient me voir. Elle voudrait que je parte à la chasse avec les hommes. Je ne peux pas. « On ne va pas te nourrir à rien faire », dit-elle. Elle a raison. Demain, je me lèverai, et je partirai.

---

1. Plongée dans l'obscurité, enveloppée de ténèbres.

## 15

Je ne suis pas partie le lendemain – j'étais encore trop faible – mais à la cinquième aube. Les jours ont rallongé, nous avons désormais plusieurs heures de pleine lumière. C'est normalement le temps où l'on revit, où l'on se réjouit. Mais dans la maison d'hiver que je laisse derrière moi, une femme pleure, un homme meurt. Je suis moi-même coupée en deux par le milieu. Autant quitter la vie, quand elle ne promet rien de bon.

Il me faut simplement trouver une faille d'où je puisse me jeter. Se donner la mort est une chose tout à fait ordinaire, je me demande pourquoi je n'y ai pas pensé plus tôt. Sans doute parce que je ne dépendais de personne, et que je n'étais pas encore coupée en deux par le milieu. Être un poids pour la banquise, c'est une chose ; être un poids pour soi-même et le groupe, c'en est une autre – qui n'est pas souhaitable.

Le géant qui, l'autre jour, m'a parlé sur l'île connaît sans doute le chemin jusqu'au monde où se tiennent les morts, ceux qui ne mangent pas beaucoup, ceux qui ne pèsent plus ni sur le ventre gelé de la mer, ni sur la croûte terrestre. Je retrouve le chemin jusqu'à l'île. Par endroits, la banquise craque, siffle et se patine. Le redoux[1] ne va pas tarder – je ne serai pas là pour le goûter.

La dalle est toujours là, sous une glace plus opaque, plus mousseuse que la dernière fois. Je m'assois dessus, j'imite le cri du phoque – rien ne se passe. J'attends encore. Le géant serait-il parti d'ici ? Se serait-il enfoncé plus profondément dans le sol ?

J'attends jusqu'à la nuit. Alors les griffes commencent à gratter, la dalle se met à vibrer. La voix grailleuse[2] du géant vient me racler le conduit des oreilles.

---

1. Radoucissement des températures.
2. Enrouée.

### *Chant du géant II*

*Ei ! Ei ! Que fais-tu encore là ?*
*Tu n'as donc pas compris ?*

*Il n'y a ici dessous*
*Que des femmes mal tatouées*
*Des chasseurs maladroits*
*Froid et faim, faim et froid*
*Nous n'avons que cela*
*La seule nourriture que nous mangeons*
*Sont des papillons*
*Que nous attrapons les mains liées*
*Les mains liées dans le dos*

*Tout ça, tout ça n'est pas pour toi*
*On ne te fera pas de place*
*Pas de place – aya !*

*Tu dois vivre, vivre chez toi*
*La mort n'est pas encore pour toi*
*Retourne parmi les vivants*
*Cherche donc des enfants*
*Une fille te viendra*
*Ainsi qu'un fils, et un autre fils*

*Les enfants protègent*
*Ceux qui sont sans père*
*Ceux qui sont sans mère*
*La banquise qui arrache les parents*

*Donne aussi des enfants*
*Mais il faut les chercher*
*Les chercher*
*Tu m'entends ?*

*Allez va*
*Va-t'en maintenant*
*Pars, pars*
*Je suis le géant*
*Qui ne parle qu'aux vieillards*

*Je ne veux pas de toi*
*Ni en chair ni en chant*
*Je suis de noir et de nuit*
*Tu es de neige tiède et de sang*
*Va-t'en*

## 16

Encore une fois, le géant m'a chassée. Je reviens vers la maison d'hiver en espérant que le Vieux soit mort. Mais la vieille graisse ne meurt pas comme ça : à mon arrivée, il va déjà mieux. Sa femme ne pleure plus, et l'autre femme, celle de son frère, ne me regarde plus comme une viande pourrie dont les vers, cet été, lui grignoteront les doigts de pied.

Les jours sont maintenant plus longs, il faut quitter la maison d'hiver. Tout mettre à terre, secouer les peaux, faire tomber les poutres de bois et d'os, le mur de pierres. C'est une saison neuve, un printemps glorieux, où la vieille graisse renaît de ses coups de couteau. Je hais l'homme qui m'a coupée en deux, mais je n'ai pas d'autre choix que de le suivre avec les siens, dans leur camp d'été.

Sa sœur me couve toujours de regards insistants. On dirait qu'elle veut voir en moi quelque chose que j'ignore. Elle guette mes linges, elle cherche du sang. Un jour, elle finit par en trouver : « Tu n'accoucheras pas d'un chien cette année », dit-elle avec soulagement. Mais aussitôt, elle ajoute d'un air inquiet : « Il te faut pourtant un enfant… » A-t-elle rencontré le géant ? Elle m'indique lequel de ses neveux pourrait être, selon elle, un bon père. Il s'agit du fils aîné de son jeune frère. Il est doux, malin, et il chasse bien. Mais moi je préfère l'autre – le fils du Vieux. Parce qu'il s'oppose à son père.

Malheureusement, je chasse mieux que lui. Plusieurs fois déjà, j'ai tiré une proie qu'il avait manquée. Son père, à chaque fois, enrage et nous humilie tous les deux, en nous appelant l'un et l'autre *Arnaautuq* – garçon manqué lui, garçon manqué moi.

Jusqu'au jour où je m'écrie : « Ce n'est pas mon nom ! » Le Vieux me lance deux yeux jaunes. Je sais maintenant qu'il me tuera si j'humilie encore son fils à la chasse. Sauf que son fils n'est pas humilié. Il me regarde, il m'épie – sans amour et sans haine, seulement avec envie.

## 17

Un jour où son père a quitté le camp, Tulukaraq – Jeune Corbeau – veut que je lui apprenne à manier le harpon. Ce genre de chose ne s'explique pas. Il faut aller à la chasse. Maintenant que la banquise se morcelle, que les phoques circulent dans les chenaux, il suffit d'aller sur l'eau ensemble.

Tulukaraq a son propre kayak, je prends celui de son cousin. Je lie maladroitement mes armes devant le trou d'homme, j'accroche mollement le flotteur à l'arrière. Tulukaraq rectifie les liens et emmène les kayaks jusqu'au rivage. En voulant me glisser dans le mien, je manque de chavirer. En fait, je ne suis pas très douée sur un kayak. Mon père m'attachait toujours au sien. C'est pour cela que j'ai voulu que nous allions sur l'eau. La tante de Tulukaraq dit qu'il n'est pas bon chasseur, mais qu'il navigue bien. Je veux qu'il puisse m'apprendre.

Tulukaraq me montre comment stabiliser l'embarcation sous mes fesses, entre mes bras. Nous avançons doucement, il reste à côté de moi. Nous ne sommes encore qu'à quelques mètres du bord quand le vol silencieux d'un harfang[1] des neiges me surprend. Je perds l'équilibre, Tulukaraq tend sa pagaie, je me rétablis grâce à elle. Riant de ma maladresse, il finit par délier la courroie de son flotteur pour la passer à l'avant de mon kayak et me remorquer entre les glaces.

À peu près au milieu de la baie, nous atteignons un chenal où se tient un groupe de phoques annelés. D'un coup de pagaie, Tulukaraq me propulse devant lui, afin de me laisser le champ libre pour tirer. Nous ne faisons plus aucun bruit. Les phoques ne nous ont pas vus. Le plus gros est trop loin de nous, je me concentre sur un jeune mâle qui nous fait face, allongé sur un glaçon dérivant. J'observe son humeur, ses mouvements. Le museau en l'air, il cherche la caresse de la brise. Nous sommes sous le vent, je perçois son souffle, je me cale sur son rythme de respiration. Derrière l'écran blanc dressé à l'avant du kayak, je lève mon harpon et j'attends.

1. Grande chouette des régions arctiques.

Au moment où, se doutant peut-être de quelque chose, le phoque s'apprête à glisser dans l'eau, je lance mon bras. La flèche et la courroie suivent, j'entends la pointe d'ivoire se planter dans la chair avec un bruit mat. Le phoque pousse un grognement et se jette lourdement à l'eau. La courroie se dévide, j'ai à peine le temps de lancer le flotteur. L'animal et sa bouée disparaissent, d'abord par saccades[1], puis définitivement.

Autour de nous, les autres mammifères ont tous plongé les uns après les autres. Nous oscillons[2] au rythme de la houle[3] qu'ils ont provoquée. Le flotteur ne devrait pas tarder à reparaître. Tulukaraq et moi attendons en silence sur le chenal déserté.

Soudain, une masse sombre jaillit près d'un bloc de glace. Nous pagayons dans sa direction, saisissons le flotteur à pleins bras, mais il résiste. Le phoque est là, au bout de la courroie, mais dans sa fuite, il s'est enfoncé sous la banquise. Son corps inerte[4] est probablement coincé dans une poche d'air sous le couvercle de glace. En y mettant toute notre force, nous parvenons quand même à le tirer jusqu'à nous.

Maintenant que l'animal est contre le bord de mon kayak, Tulukaraq me laisse faire. Je saisis le phoque par les nageoires et, avec mon couteau, j'entaille sa peau au niveau du crâne. Après avoir décollé la graisse dans plusieurs directions, je me penche sur la plaie et je souffle vigoureusement à l'intérieur. Le phoque, ainsi gonflé, sera plus facile à tirer. Nous pouvons rentrer. Tulukaraq passe à nouveau une courroie à l'avant de mon kayak et nous remorque, le phoque et moi, jusqu'au rivage.

La première chose que nous faisons en hissant le phoque sur la terre ferme est de lui donner à boire – pour le remercier de s'être laissé

1. Par mouvements brusques.
2. Tanguons, vacillons.
3. Mouvement de la mer.
4. Qui ne bouge pas, sans vie, sans réaction.

prendre, et pour encourager son esprit à se redonner une prochaine fois. Ensuite, nous le remontons jusqu'au camp, où les femmes le dépècent, le découpent et procèdent au partage. Parce que nous l'avons chassé ensemble, Tulukaraq et moi recevons chacun deux côtes, ainsi que la peau. Les autres se répartissent le reste.

## 18

Durant le printemps, Tulukaraq et moi partons souvent chasser ensemble. Son père ne me sollicite plus et ignore son fils unique, lui préférant son neveu, qu'il emmène chaque fois qu'il part guetter le phoque à l'*aglu*. Le Vieux n'est pas mauvais sur la banquise – plus habile que sur l'eau en tout cas.

Au début, Tulukaraq me prenait sur son kayak comme mon père autrefois, puis nous avons décidé d'en fabriquer un à ma taille, avec les peaux de phoques qui nous reviennent. Son oncle nous a conseillés pour la structure : une forme courte, plus maniable entre les glaces. Ensuite, Tulukaraq et moi avons tendu les peaux ensemble. Une blanche au milieu, une noire à chaque extrémité.

Un jour que nous étions en train de graisser les coutures pour qu'elles soient bien étanches, le Vieux est passé en murmurant à l'adresse de son fils : « *Arnaautuq…* » Garçon manqué, celui qui se livre aux tâches ordinairement réservées aux femmes. Tulukaraq n'a pas réagi. Mais une fois le Vieux hors de portée, il a dit : « Mon père n'est pas un bon chasseur. Nous avons eu faim plusieurs fois au cours des derniers hivers. Chaque fois, c'est grâce au mari de ma tante que nous avons survécu. Maintenant qu'il est mort, il faut que mon cousin et moi devenions de bons chasseurs. C'est difficile, parce que mon père est jaloux. Il hait les bons chasseurs. Il haïssait ton père, il haïssait mon oncle. D'ailleurs, personne ne sait exactement comment il est mort. » Tulukaraq se tait un instant, puis il ajoute : « Avant l'hiver prochain, je dois tuer mon premier ours. Et apprendre à me défendre en toutes circonstances. »

## 19

Maintenant que j'ai mon propre kayak, je peux suivre Tulukaraq. Nous allons loin parfois. Au-delà de la baie, au pied des icebergs qui passent au large. Ces géants de glace sont comme des montagnes posées sur l'eau. Aux heures où le soleil monte dans le ciel, ils sont éblouissants, on ne peut pas les regarder sans se blesser les yeux. Ils parlent une langue étrange – de succion[1], d'écoulements et de craquements. Ils sont plus imprévisibles encore que la banquise.

Tulukaraq me dit qu'à force d'aller à leur rencontre au printemps, il a appris à les connaître. Il est capable de distinguer ceux qui viennent de se détacher de leur glacier et ceux qui, au contraire, dérivent depuis longtemps. Il dit que ça se voit à leurs flancs, plus ou moins déchiquetés. Il reconnaît aussi ceux qui viennent de se retourner, ou qui s'apprêtent à le faire. Il faut alors se tenir à distance, ne pas s'approcher, au risque d'être englouti. Mais il n'y a rien à craindre en ce début de printemps, dit Tulukaraq. Généralement, les icebergs ne se fendent pas avant d'avoir été travaillés par le soleil de l'été et les courants.

---

**1.** Suçotement, bruit émis par l'action de sucer.

Nous naviguons en silence dans l'ombre de l'un d'entre eux. Au bruit régulier de nos pagaies répond celui, continu, d'un filet d'eau s'écoulant quelque part. À l'approche d'un renfoncement, le bruit se fait plus précis. Tulukaraq veut que nous allions voir.

Nous pénétrons dans une grotte aux parois cristallines. Je n'ai jamais vu une telle clarté. Il règne ici une sorte d'aube bleue – diffuse, homogène. Les sons se propagent lentement, la lumière voyage moins vite, prisonnière de l'eau et de la glace. Les parois translucides à l'air libre se transforment en plates-formes opaques sous nos kayaks, d'un bleu clair, intense, que je n'ai jamais observé ailleurs.

Tulukaraq s'enfonce plus loin dans la faille. Il veut voir d'où provient le ruissellement et disparaît derrière un pilier de glace. J'entends son kayak fendre l'eau – puis plus rien. Je reste un long moment immobile, à guetter le son de sa voix. Elle me parvient enfin : « Le ruisseau est là. Tu me rejoins, Uqsuralik ? »

C'est la première fois que Tulukaraq prononce mon nom de naissance, celui qui me désigne comme animal blanc, à la fois Ours et Hermine. Je n'ose pas lui répondre.

« Il y a un trou, en haut de l'iceberg. Tu m'entends, Uqsuralik ?

– Oui, Tulukaraq, dis-je sans y mettre trop de voix.

– Ah ! C'est bien. Alors, maintenant, j'aimerais te poser une question, Uqsuralik : sais-tu pourquoi les morts se retrouvent parfois au ciel, parfois au fond de la mer ? »

Sa voix est étrange. Elle vient de loin.

« Je n'en sais rien, Tulukaraq.

– Eh bien, parce qu'ils passent par des trous comme celui qui est au-dessus de ma tête, Uqsuralik.

– Que veux-tu dire, Tulukaraq ?

– Eh bien tu vois, Uqsuralik, si tu devais mourir à l'instant, ton âme-nom – ton *aleq* – s'échapperait par un trou comme celui-ci. Ainsi rejoindrais-tu le ciel et ceux des morts qui attendent là-haut de pouvoir revenir habiter un corps sur terre.

– Et si je mourais à un autre moment, Tulukaraq ?

– Eh bien, si tu mourais après une tempête, Uqsuralik, ou bien si tu mourais après l'été, tu passerais par le même trou, mais tu te retrouverais au fond de la mer.

– Et pourquoi ça, Tulukaraq ?

– Eh bien parce que entre-temps, Uqsuralik, l'iceberg se serait fendu et retourné ! Passer par le trou qui est aujourd'hui au sommet de cette paroi te conduirait à voyager vers les profondeurs.

– Mais alors, Tulukaraq, qu'adviendrait-il de mon *aleq* ?

– Hmmm... sans doute irait-il se réfugier dans la chevelure de Sedna pour devenir gibier marin, Uqsuralik.

– Et je changerais alors de nature, Tulukaraq ?

– Ce n'est pas à moi de te le dire, Uqsuralik. Tu es déjà quelqu'un d'étrange, à mi-chemin entre l'homme et la femme, l'orpheline et le chasseur, l'Ours et l'Hermine... Qui sait ce que tu peux encore devenir ?

– Et toi, Tulukaraq ? Que deviendras-tu quand tu mourras ?

– Je suis un Corbeau, Uqsuralik. Si je pars par le ciel, je reviendrai en humain. Si je pars par la mer, je reconstituerai les premières îles. Je chercherai les touffes d'herbe, je les agrégerai[1], j'en ferai une terre accueillante pour toutes les descendances.

– Et en attendant, Tulukaraq ?

1. Assemblerai.

– En attendant, je te mets en garde, Uqsuralik: un iceberg est un monde qui peut basculer à tout moment. Même en hiver, même au printemps – quoi qu'en disent les jeunes gens. Suis-moi, et sortons de là à présent.»

Tulukaraq réapparaît et pagaie vers la sortie de la grotte. Il a le visage tranquille. Est-ce vraiment lui qui vient de parler ainsi?

## 20

C'est l'été maintenant. Le soleil tourne en ellipses dans le ciel sans jamais toucher l'horizon. Ça ne durera qu'un temps; Tulukaraq passe tout le sien en kayak. Il se promène, il chasse le phoque, ne part plus jamais avec son père, son oncle ou son cousin. Sa mère et ses tantes travaillent ardemment, avec joie et fierté, les peaux qu'il ramène.

Je l'accompagne souvent. Pour apprendre encore à manier le kayak, pour lui montrer d'autres choses que mon père faisait à la chasse. Parfois, nous restons plusieurs jours sur une île fréquentée par les phoques. C'est moi, alors, qui assure le travail des femmes – je dépèce, je taille la viande, je racle la graisse. La plupart du temps, nous faisons tout en silence, mais il arrive que Tulukaraq soit secoué d'un gentil petit rire en me regardant travailler. Il dit que je suis son meilleur ami, mais que je ferais aussi une bonne épouse. Je souris, mais je ne réponds pas. Il m'arrache alors le couteau des mains et me porte dans ses bras jusqu'au rivage. Là, soit il me serre plus fort, soit il me jette à l'eau. Quand le soleil est à son point le plus bas et que l'air se rafraîchit, nous nous allongeons ensemble sous la tente. Nos corps se réchauffent comme ceux de deux époux. De retour au campement, nous ne parlons à personne de l'endroit où nous sommes allés, ni de ce que nous sommes en train de devenir l'un pour l'autre. Le père de Tulukaraq mange notre viande avec une rage silencieuse.

Un jour, le cousin de Tulukaraq annonce qu'il a vu au nord les premiers caribous[1]. Le Vieux décide alors qu'il faut aller à leur rencontre sur les lacs, en remontant la rivière. Tulukaraq annonce que cette année, il ne s'enfoncera pas dans les terres. Son père maugrée[2] que c'est bien comme ça : on n'a pas besoin de grand chasseur marin pour traquer le gibier terrestre.

Le lendemain matin, toute la famille est à l'œuvre pour lever le camp. La tante de Tulukaraq vient me voir : « Tu as trouvé un père pour tes enfants, Uqsuralik. C'est bien. J'espère qu'on se retrouvera l'hiver prochain. »

Quelques heures plus tard, ils sont tous partis – le camp est affalé. Il reste à peine assez de vieilles peaux pour remonter une tente. Toutes les réserves de viande et de baies ont été emportées, même celles que j'avais constituées personnellement. Tulukaraq doit aller chasser, je reste pour réaménager le camp.

Il doit être midi lorsqu'il rejoint le rivage, son kayak à l'épaule. Le départ des autres et notre décision de rester ici ensemble font définitivement de nous des époux – je suis heureuse de commencer une nouvelle vie avec lui.

### *Chant de Tulukaraq*

À écouter sur www.lienmini.fr/77063-02

---

**1.** Rennes, proches du cerf.
**2.** Murmure son mécontentement, manifeste sa mauvaise humeur en grognant.

## 21

Tulukaraq n'est jamais revenu au camp.

En remontant notre tente, j'ai découvert, du côté où il dormait, un *tupilak* en ivoire de morse. Un long animal au corps de femme, doté de grandes dents. Les pieds étaient remplacés par des nageoires.

Dès que je l'ai trouvé, je l'ai jeté au loin dans la toundra[1]. Et un mauvais pressentiment m'a gagnée. J'ai attendu toute la journée, puis je suis allée me poster au bord de l'eau. J'ai attendu Tulukaraq pendant des heures – il n'a pas reparu.

Le lendemain, j'ai couru toute la journée le long du rivage. J'appelais, je criais, je me taisais pour entendre un signe de lui. J'ai recommencé le jour d'après, mais le fjord était vide.

Je suis revenue seule au camp et j'ai pleuré. J'ai pleuré, j'ai gémi, j'ai tiré mes cheveux de tristesse et de rage. Montant toujours plus haut dans mes yeux, l'eau noyait l'horizon. Elle déposait sur lui ce brouillard liquide dans lequel on perçoit les choses qui, sans cela, restent invisibles. Dans les drôles de formes qui se dessinaient, j'ai vu ce que j'aurais préféré ne pas voir : le Vieux déposant lui-même le petit objet d'ivoire près de la tête de son fils.

## 22

Je dois maintenant partir d'ici. J'avais un époux et une famille, voici qu'à nouveau, je n'ai plus rien. Je rassemble le peu d'objets que

1. Type de paysage arctique caractérisé par une végétation rare (mousses, lichens) et un sol gelé.

je possède. La peau d'ours que m'a lancée mon père est trop lourde et Tulukaraq est parti avec notre seul fusil. De toute façon, sans traîneau, sans partenaire, je ne peux pas emporter grand-chose.

Au moment où je m'apprête à quitter cet endroit maudit avec seulement une brassée d'affaires, un cri me fait sursauter. Au lieu de se serrer, mon cœur bondit. Je reconnaîtrais ce jappement entre mille: c'est Ikasuk! Les autres seront allés déposer les chiens sur une île pour l'été, mais elle aura refusé d'embarquer sur le grand bateau pour revenir à moi. Je suis si heureuse de revoir ma chienne! Elle m'aidera à porter mon chargement.

Je roule dans ma vieille peau d'ours tout ce que je trouve d'os, de tendons, de peaux mâchées, et ficelle le tout sur le dos d'Ikasuk. Nous tournons le dos à la mer pour nous enfoncer dans la toundra. Au loin, sous le soleil descendant, les glaciers forment une longue ligne rose, au-dessus de laquelle se massent quelques nuages bleu foncé.

# DEUXIÈME PARTIE
## *HILA*

## 23

Je suis à nouveau seule sur le territoire. À la recherche de baies et de petit gibier. Je dors sur des tapis de mousse quand il y en a, ou parmi les saules[1] nains. Il fait chaud – trop chaud parfois. Cela n'est pas bon. Les moustiques m'assaillent et j'ai peur que les maladies fondent sur moi. Ikasuk pleure certains soirs. Je me demande si des esprits ne rôdent pas.

Ce matin, j'ai cueilli une grande quantité d'airelles[2]. Je les mange par poignées, ça finit par me faire grincer les dents. Je ne les aime qu'avec du sang de phoque, mais je n'ose pas revenir vers la côte pour chasser. J'ai peur de la mer depuis que j'ai touché le *tupilak*.

Je crains aussi de chasser sur la toundra, car toutes les armes que je possède – ma lance, mon couteau, mon harpon – ont servi récemment à tuer des animaux marins. Si je touche un animal terrestre avec ça, je vais mettre son esprit en colère. Je préfère encore mourir de faim.

Et puis j'ai à nouveau mal au ventre. Comme à chaque lune désormais, mais cette fois plus encore que d'habitude. Je ne vais pas tarder à perdre mon sang. J'imagine que les animaux le savent, et que je ne devrais pas regarder vers le nord, où passeront bientôt les caribous.

Qu'il est donc difficile d'être seule – sans père, sans époux, sans famille. Sans raison de vivre, finalement. Le géant et la veuve ont raison, il me faut un enfant – mais où le trouver ?

---

**1.** Arbres.
**2.** Baies comestibles légèrement acides.

## 24

Depuis quelques jours, la toundra me paraît anormalement déserte. Plus je m'enfonce dans les terres, moins je croise de créatures vivantes. Je traverse des cours d'eau, j'observe des traces, des empreintes fraîches et même des excréments – mais j'ai beau balayer l'horizon du regard, je n'y perçois aucun mouvement. Comme si tous les animaux étaient devenus invisibles. Le ciel lui-même semble vide, alors que les oiseaux devraient être là par dizaines, par centaines. Ce silence me pèse, tandis qu'à mes côtés Ikasuk continue de se plaindre et de grogner. Serais-je en train de basculer dans le monde des esprits ?

## 25

Un après-midi, alors que le soleil commence à baisser, je reconnais au loin un empilement de pierres. Pas de ceux que les hommes font pour orienter les caribous – non, un empilement de grosses pierres, comme un éboulis provoqué par les pas d'un géant.

Cet endroit éveille quelque chose en moi. Nous y sommes venus une fois, quand j'étais enfant. Mon père l'appelait Tuniqtalik – l'endroit des Petites Personnes. Ces esprits au caractère farceur sont parfois d'une grande aide, parfois de véritables poisons. Mon père les redoutait. Nous leur avions laissé à manger près de l'éboulis, et nous avions continué notre route.

À l'époque, j'avais souhaité très fort apercevoir les Petites Personnes. Je suis moins téméraire aujourd'hui et préfère me cacher dans ma peau d'ours pour me reposer dans ce secteur. Ikasuk est contre moi, ses oreilles bougent dans tous les sens.

La chienne s'endort enfin, et quelques instants plus tard, un sifflement vient me chatouiller les oreilles. Est-ce le vent qui s'est levé ? J'essaie de redresser la tête pour m'en assurer, mais je suis soudée au sol. Autour de moi, l'herbe ne bouge pas d'un brin.

***Chant des petites personnes***

*Qui est-elle ? On l'a déjà vue ?*

*Non, elle n'est pas d'ici – elle n'aime pas l'été.*

*Elle sent fort, elle pue à mon nez ! On l'envoie promener ?*

*Non, on s'ennuie, il faut la garder.*

*On peut tuer son chien…*

*Elle a besoin d'aide.*

*Mais elle est trop grasse ! Qu'est-ce qu'on fait de sa graisse ?*

*On lui laisse. Elle cherche un enfant. Il faut lui en trouver un.*

*Donne-lui les tiens. Ils puent autant qu'elle !*

*Trouvons-lui un œuf ! Un œuf de la terre,*
*un œuf à rouler bien loin d'ici.*

*Un œuf de chien ? Elle aime bien les chiens.*

*Un œuf d'humain.*

*Un œuf avec dedans des pieds, des mains.*

*Oui, c'est ça, des mains palmées.*

*Et une queue de poisson !*

*Il faut l'envoyer près du lac – celui qui est en forme d'estomac.*

*Non, il faut qu'elle aille là où la rivière fait un coude.*

*Non, non, non ! Les œufs comme ça*
*se trouvent au creux de la dent mouillée, dans les marais.*

*Roulez-la, roulez-la jusque là-bas !*

## 26

Je me réveille les pieds dans l'eau, la tête sur des galets.

Où suis-je ? Où est l'empilement de pierres ? Plus rien ne siffle à mes oreilles, mais le ciel est strié[1] de vols d'oiseaux. Des mouettes, des goélands, des martins-pêcheurs, des bruants ! Cette profusion d'oiseaux remplit mon cœur de joie. Leurs cris, leurs pépiements font vibrer mes tympans, et ce chatouillement se propage dans mon corps, jusqu'à mes orteils. À moins que… mais oui ! Mes pieds nus trempent dans l'eau du lac, où de petits poissons fouillent la vase pour trouver de la nourriture. Je m'assois pour battre des jambes. Le clapotis me donne envie de rire – je ris, en touchant l'herbe partout autour de moi.

1. Rayé, zébré, sillonné.

Quelque chose a changé sur la toundra – je ne sais pas quoi. La vie est revenue, la vie est réapparue à mes yeux. Je ne suis plus seule. Toute la nature respire du même souffle que moi.

Je me lève et j'appelle ma chienne. Pas de réponse – je commence à faire le tour du lac. Le soleil d'après-midi se reflète sur l'eau, les vaguelettes scintillent comme des cristaux de glace. Marchant lentement sur la rive, je croise plusieurs bancs d'alevins[1]. Les ombles[2] auraient-ils frayé[3] plus tôt cette année ? Je ne suis pas sûre de reconnaître leurs larves.

J'arrive bientôt à l'endroit où une petite rivière se jette dans le lac. J'appelle encore Ikasuk, puis commence à remonter le courant, comme les ombles. L'eau est moins profonde qu'aux abords du lac, je traverse la rivière à un endroit où roulent les galets. J'ai l'impression d'entendre les Petites Personnes rire sous mes pas. Elles disent : « C'est par là, c'est par là ! »

Je marche encore, jusqu'à l'endroit où la rivière contourne un monticule en faisant une boucle. Derrière le monticule, entre deux lignes rocheuses, de l'eau stagne, formant un petit marais. Au moment où je m'assois sur une pierre pour prendre un peu de repos, Ikasuk jaillit de derrière le monticule. Elle traîne dans sa gueule ma peau d'ours qui contient tout ce que je possède : ma lance, mon harpon, mon couteau rond. Il y a aussi une dizaine d'œufs. Des œufs d'oiseaux.

En les voyant, une faim soudaine me prend. Je les gobe tous en un instant, puis fais craquer longuement les coquilles entre mes doigts, devant le nez d'Ikasuk qui aboie. Ensuite, j'étale la pâte gluante et écailleuse sur mon visage. Je ne sais pas pourquoi je fais ça. La toundra est belle. Elle est belle et elle chante.

---

**1.** Rassemblements d'une grande quantité de poissons ; ici, de jeunes poissons.
**2.** Poissons voisins du saumon.
**3.** Se seraient-ils reproduits.

## 27

C'est maintenant le temps où les œufs ont éclos.

Je me suis fabriqué un filet et un trident pour chasser les oiseaux. Mes préférés sont les guillemots, car leur chair sent bon le poisson. J'attrape aussi des sternes, des canards, des plongeons et des cormorans.

L'autre jour, je suis retournée sur la côte et j'ai chassé deux phoques. L'un est resté à faisander[1] sous une dalle, la peau de l'autre me sert à enfermer des mergules[2] que je laisserai pourrir jusqu'au printemps. En attendant, je croque parfois des poussins vivants et les écoute ensuite chanter dans ma gorge.

Je pêche aussi dans les lacs et les rivières. Surtout à l'heure où le soleil décline. Grâce à mon trident, j'ai réussi à attraper plusieurs ombles au ventre bien rouge.

Sur la toundra, les fleurs forment de grands tapis jaunes, rouges et violets, qui commencent juste à roussir. Les baies foisonnent, j'en fais grande provision. C'était un délice, l'autre jour, que de pouvoir les tremper dans le sang de phoque encore chaud. Ça change des oiseaux à la chair fine et aux os craquants.

Aujourd'hui, un troupeau de caribous est passé au loin. Il m'a semblé que les jeunes étaient nombreux – c'est bien. Hier, c'est une famille de bœufs musqués que j'ai vue au bord de la rivière – il y avait cinq adultes et deux petits. Moi aussi, un jour, j'aurai un petit entre les pattes. Je le sais. Je crois même qu'il est déjà là.

---

**1.** Décomposer, afin de donner à la chair une odeur et un goût particuliers.
**2.** Oiseaux des falaises.

### *Chant du plongeon*

À écouter sur www.lienmini.fr/77063-03

## 28

Ce matin, en allant pêcher l'omble à la rivière, j'ai trouvé une paire de bois de caribou dans les lichens. J'ai aussi vu les premières traînées de gel. Je ne peux plus simplement dormir dans ma peau d'ours. Il me faut un abri.

Je ne repasse pas par le camp. Le phoque que j'ai laissé sous une dalle se situe plus au nord ; c'est là, d'abord, que je m'arrête. J'y passe quelques nuits dans ce qu'il reste d'une vieille maison d'hiver. Tout au bord du rivage, là où l'eau monte et descend à l'ombre d'une falaise, la glace se forme, se brise, fond, se reforme et s'agrège – ce sont les balbutiements de la banquise. On n'entame pas seule cette saison – je dois rejoindre un groupe humain.

Je marche plusieurs jours vers le nord en espérant atteindre Palliryuaq, la Grande-Baie. Les chasseurs se retrouvent souvent là-bas au jeune hiver. Mais je n'y arrive pas. Je n'atteins que Kangiryuaktiaq, la Presque-Grande-Baie, qui semble déserte. Faut-il attendre là quand même ou aller plus loin ? Je suis fatiguée de mon été sur la toundra. L'enfant que je devine en moi n'est pas plus lourd qu'une aile d'oiseau, mais il dévore mon sommeil et ma joie.

Je m'allonge sur la plage et j'attends le secours de quelqu'un. Si personne ne vient, je marcherai dans l'eau jusqu'à soulager cette vie qui me prend et qui, en hiver, ne résistera pas.

## 29

Ils sont arrivés du large en *umiak*. Mal réveillée, j'ai d'abord cru qu'il s'agissait d'une baleine. Puis les yeux embués par des larmes de vent, j'ai pris leur perche d'accostage pour une défense de narval[1] et j'ai brandi ma lance. Enfin, j'ai vu leurs bustes s'agiter et leur bras me saluer – j'ai couru dans l'eau pour les aider à aborder.

Ils étaient une quinzaine de femmes et d'enfants rassemblés dans l'*umiak*, et quatre chasseurs en kayak. L'un d'eux est le frère de ma mère. Il est le premier à se glisser hors de son embarcation, à poser sa main sur mon bras, à saisir Ikasuk par la fourrure du cou.

Ils ont passé l'été sur des îles au loin, et mon oncle doit repartir chercher les chiens. Il me confie à sa femme que je n'ai jamais vue, et qui rit en héritant d'une nièce qu'elle ne connaît pas.

Tout le monde débarque et décharge le barda[2] : monceaux[3] de peaux, lampes à huile, armes, outils et bois flottés. Des récipients également – des pots, des seaux, des bassines et des plats. L'été a été doux, les femmes ont de beaux habits bien cousus et les enfants plusieurs jeux en os poli. On remonte tout au-dessus de la grève, y compris l'*umiak*. Un endroit est choisi pour établir le campement, le même qu'il y a trois hivers. Il paraît qu'autour, les caches à nourriture sont pleines, tant la dernière saison de chasse aux phoques, aux morses, a été abondante. L'*umiak* est posé sur des claies[4], on y accroche aussi les kayaks et le poisson séché.

Les femmes et les enfants commencent à édifier la maison d'hiver, qui devra tenir au moins cinq ou six lunes, jusqu'à la naissance des

---

**1.** Cétacé muni d'une longue défense qui le fait surnommer « licorne des mers ».
**2.** Chargement, bagage.
**3.** Tas, amas.
**4.** Palettes de bois.

phoques annelés. Grâce aux troncs échoués cet été, elle sera plus haute que la précédente. Il faut beaucoup de pierres et de mottes de terre pour monter les murs, nous y passons deux journées entières. Le troisième jour, nous tapissons le toit de plaques de tourbe et le lendemain des peaux de caribous sont tendues par-dessus, lestées par des pierres. Elles sont déjà un peu dures, un peu usées, car ce sont celles de l'hiver passé. Il faudra sans doute les renforcer s'il se met à pleuvoir avant la neige. L'entrée, enfin, est creusée dans le sol et prolongée par un tunnel que l'on pourra fermer quand il fera très froid.

En quelques jours, nous avons constitué un ventre de terre pour tout le groupe. Mon oncle est revenu avec les chiens, il demande à sa femme de me réserver une place sur leur plate-forme, au fond, loin de l'entrée. Tout le monde a bien vu que j'attendais un enfant et que le père n'est pas avec moi. Mon oncle dit en riant que c'est le même esprit qui a conduit cette année les phoques et mon petit vers leur grande famille.

## 30

Les premières nuits dans la maison de tourbe sont douces, je suis heureuse de retrouver la clarté fumeuse de la lampe à huile. La femme de mon oncle s'appelle Pukajaak – Poudre de neige. « Tu as de la chance et nous aussi, me dit-elle, en roulant entre ses doigts la petite mèche de lichen[1] qu'elle s'apprête à tremper dans la graisse de phoque. Nous n'avons pas de petit à naître cet hiver, c'est toi qui vas nous apporter ce souffle chaud au milieu de la nuit. »

1. Mousse séchée.

J'en profite pour l'interroger sur l'abondance et l'euphorie[1] qui semblent régner dans le groupe. « Les phoques étaient nombreux l'hiver dernier, et nous avons énormément pêché cet été. Les enfants sont gras, les adultes rient. Je crois que nous allons passer notre plus bel hiver. »

Il est doux d'être ainsi accueillie et nourrie par une famille. Mon ventre commence à peser à l'avant, il m'aurait été impossible de continuer à chasser, à pêcher. Mon oncle et sa femme sont attentifs à mes besoins. Et leurs trois garçons, qui ont moins de dix étés chacun, font semblant de chasser pour moi. Ma paillasse est couverte de fragments d'os, de petits bouts de bois représentant toutes sortes de gibier.

Dès notre installation, Pukajaak établit la liste des choses qu'on ne doit pas faire en ma présence. Elle interdit, par exemple, les jeux de ficelle à ses fils. Rien ne doit encourager l'enfant que je porte à jouer avec son cordon, à se le passer autour des bras, du ventre ou du cou. Personne ne doit non plus sortir le matin avant moi. Et ce sera encore plus important lorsque l'enfant sera proche d'arriver et que le tunnel qui obture l'entrée de la maison sera plus étroit à cause de la glace accumulée.

Pukajaak m'interroge sur le début de ma grossesse. Bien que ce soit ordinairement l'inverse, elle insiste sur le fait que je continue à ne pas manger de gibier terrestre. Pas de viande de morse non plus, qui est trop grasse, ni de poissons plus gros que ceux pouvant passer par le gosier d'un plongeon. Je dois aussi absolument cesser de toucher les armes tranchantes des hommes, et n'utiliser que mon propre couteau en demi-lune.

À part cela, je suis libre d'occuper mon temps comme je l'entends. Tout le monde ici semble parfaitement insouciant – les hommes vont à la chasse pour le plaisir et pour entraîner les enfants, les femmes rapiècent[2]

**1.** Joie intense.
**2.** Raccommodent, en recousant les trous et déchirures.

et brodent les habits d'hiver, parfois même ceux du printemps. Elles prennent le temps de faire de beaux ornements, rivalisent d'audace dans l'assemblage des formes et des couleurs. On m'a donné deux peaux de phoques et trois peaux d'hermines pour vêtir mon futur enfant. Je mâche, je tanne[1], je couds – on fait les nœuds pour moi.

Le soir, je dors seule dans un coin de la plate-forme. Sous la peau de mon ventre, l'enfant bouge comme une vague, parfois comme un jeune harfang qui tente de prendre son envol. Je me demande d'où vient ce petit être. De la mer, du ciel ou de la toundra ?

## 31

Les premières neiges se sont mises à tomber, mais les cristaux fondent avant même d'atteindre le sol. L'herbe et la terre mouillées ont pris une teinte sombre. Le ciel est gris. Des nuages noirs s'étalent à l'horizon comme des phoques barbus sur la plage et, depuis deux jours, Neqqajaaq souffle sur eux comme un chasseur plein de rage. Mon oncle regarde la mer déchaînée et dit : « On a bien fait de remonter les kayaks. » Un peu à l'est de notre maison, une rivière s'est formée, qui s'écoule avec fracas dans la mer. Elle entraîne des cailloux, des mottes d'herbe et de terre. Pukajaak remarque qu'on n'a peut-être pas fait assez provision de mousse et de lichens secs pour allumer la lampe.

Tous les matins, je suis la première à mettre le nez dehors – et donne les mêmes nouvelles en rentrant : le ciel est de plus en plus bas, Neqqajaaq souffle de plus en plus fort. Les hommes sortent ensuite nourrir les chiens

1. Prépare les peaux pour en faire du cuir.

et reviennent trempés, tandis que les femmes préparent des ragoûts avec la viande de phoque faisandée.

Un matin, je n'ai pas le temps de sortir la première, car des cris humains retentissent au-dehors. Mon oncle s'extrait en hâte de la maison pour voir qui s'annonce ainsi. On guette les bruits. Pas d'effusions de joie, mais des chiens qui aboient. Bientôt, du remue-ménage dans le tunnel. Le premier visiteur entre, un homme voûté sous son capuchon, suivi d'un autre. Viennent ensuite deux femmes, un jeune homme et deux enfants. La petite fille est la première à me reconnaître. Elle se jette dans mes bras en criant : « Uqsuralik ! » L'homme voûté lève son capuchon et pose sur moi un regard froid. Le Vieux au flanc percé sait les violences qu'il m'a infligées. Et aussi qu'il a tué mon mari, son propre fils. Je demande à la petite fille où sont sa tante et ses deux cousines. Elle me dit que la chasse aux caribous a été mauvaise, et qu'il a fallu laisser la veuve et ses deux orphelines à un autre groupe. J'éprouve un soulagement à l'annonce de cette nouvelle – sans doute cette femme est-elle plus heureuse loin de son frère.

Personne ici n'a l'air de se réjouir de l'arrivée du Vieux et de sa famille, mais tant que Neqqajaaq se déchaîne dehors, il n'est pas question de les renvoyer. On se serre un peu sur la plate-forme, on crée un nouveau compartiment à l'est. Le Vieux, son frère et leurs femmes s'y installent, les deux enfants viennent près de moi. Le grand fils, cousin de Tulukaraq, rejoint les autres jeunes gens de la maison, près de l'entrée. De la viande de phoque est remise à cuire lentement dans la marmite, tandis qu'on se raconte la saison passée. Je suis la seule à ne parler ni de mon printemps ni de mon été. Pukajaak, occupée à cracher de la graisse sur la viande, se tait également.

## 32

Neqqajaaq a enfin cessé de souffler. Le temps est redevenu clair, mais, à chaque nouvelle aube, la nuit gagne du terrain. Le froid et l'humidité s'immiscent entre chaque couche de peau – il me tarde de voir la vraie neige tomber, recouvrir les pierres et l'herbe triste.

Le Vieux et sa famille n'ont pas l'air de vouloir partir. Je crains de me retrouver un jour seule face à lui. Tous les soirs, je fouille ma couche pour m'assurer qu'il n'y a rien déposé de maléfique pour moi ou mon enfant.

L'autre jour, sa femme est venue me voir. « Où est Tulukaraq ? m'a-t-elle demandé en chuchotant.

– Disparu avec son kayak le matin de votre départ.

– Est-ce que l'enfant que tu portes est de lui ?

– Il m'a été donné par les Petites Personnes de Tuniqtalik. »

Depuis, elle ne cesse de me surveiller du coin de l'œil. Je devine qu'elle voudrait en savoir plus, mais elle n'ose pas venir me parler quand son mari est dans les parages.

Pukajaak a remarqué combien j'étais nerveuse depuis qu'ils sont là. Je lui parle de Tulukaraq sans prononcer son nom et de la façon dont il s'est volatilisé au printemps. Elle et mon oncle savent comme le Vieux peut être jaloux, méchant. « Et il ne s'est pas amélioré avec le temps, se lamente mon oncle. Son frère m'a raconté comment les caribous ont fui à leur approche tout l'été. Cet homme effraie les animaux, Uqsuralik. C'est normal que tu craignes pour ton enfant. » Pukajaak ajoute : « Et si tu dis qu'il a usé de sorcellerie contre son propre fils, tu dois doublement te méfier de lui. » Ce que je ne dis pas à mon oncle et Pukajaak, c'est que je lui ai déjà enfoncé un couteau dans le flanc, et qu'il m'en veut aussi pour cela.

Le lendemain, tandis que tout le monde a déserté le camp, Pukajaak revient me voir. « Uqsuralik, me dit-elle, j'ai quelque chose pour toi. Tandis que je parlais avec ton oncle hier soir, il s'est aperçu qu'il avait encore sur la poitrine la dent d'un ours qu'il a tué avec ton père. Il pense comme moi que cela te fera une bonne protection contre le Vieux. » Je remercie Pukajaak, et glisse la dent dans la petite poche de cuir que je porte à la poitrine et qui contient déjà, entre autres amulettes, la dent d'ours que m'a envoyée mon père quand la banquise s'est fendue. Je me dis qu'avec un peu de chance, il s'agit des deux canines du même ours blanc, et qu'avec ça, je peux tenir le Vieux en respect – et peut-être même crocheter son esprit pour l'envoyer au royaume de Sedna.

## 33

Ce matin, en ouvrant les yeux, je perçois une lumière étrange. Les enfants sont déjà réveillés et s'impatientent. Eux aussi ont l'intuition que, dehors, quelque chose a changé. Je me glisse hors de la maison, ils sont sur mes talons. Nous découvrons ensemble, avec la même joie, le même émerveillement, le tout nouveau manteau de neige. Désormais, le jour naît de la terre. La faible clarté du ciel est généreusement reflétée par une infinité de cristaux. La neige tombée durant la nuit est si légère qu'elle semble respirer comme un énorme ours blanc.

Pendant que les enfants s'ébattent en riant, je me dirige vers le rivage. Je n'ai pas le droit de regarder la mer, car cela pourrait faire fuir le gibier, mais rien ne m'empêche d'aller toucher la glace. Sous la couche épaisse de neige fraîche, la banquise est solide. On n'entend presque plus le glouglou des marées, seulement des grincements, des craquements et des sifflements quand l'eau travaille en profondeur.

Je suis tentée de regarder plus loin, pour savoir jusqu'où s'étend l'englacement. Personne ne chasse vraiment en ce moment, on vit toujours sur les réserves de la saison passée – cela n'aurait donc pas grande conséquence. Mais au moment où je m'apprête à lever le front vers le large, mon regard est happé par le vol d'un corbeau. Son croassement est assez féroce pour que je comprenne qu'il m'interdit de poser les yeux ailleurs que sur lui. Je rebrousse donc chemin, sans avoir vu l'eau libre, ni cherché les icebergs au loin.

En remontant vers le camp, j'écoute le bruit de mes pas dans la neige. Mon enfant semble danser à leur rythme, roulant sans cesse sous la peau de mon ventre. Pukajaak dit qu'un fœtus qui bouge beaucoup manque de gras et qu'il doit encore passer deux ou trois lunes au chaud. Mes pieds crissent[1], l'enfant frétille[2] – nous avons encore devant nous une pleine saison à passer l'un dans l'autre.

## 34

En faisant un détour pour atteindre la maison, je trouve mon oncle en train de préparer son traîneau. Je n'ose pas le déranger, mais une fois rentrée, je demande à Pukajaak pourquoi il a l'air si préoccupé. « Une de nos caches à viande a été pillée par les renards et l'autre a été vidée par des hommes. Nous allons bientôt manquer de nourriture. »

---

**1.** Produisent un bruit aigu de frottement.
**2.** S'agite en tous sens.

Je ressors pour travailler à la lumière du jour. Sans qu'il me voie, je m'installe non loin de mon oncle. Au bout d'un moment, des pas lents crissent dans la neige. Le Vieux s'approche et reste là, à regarder sans rien faire. Mon oncle est en train de vérifier les courroies de son attelage.

Le Vieux finit par dire : « Tu vas enfin dégourdir tes chiens ? » Mon oncle ne répond pas. Après un long silence, le Vieux dit encore : « Tu veux regarnir tes caches à viande encore pleines ? » Mon oncle ne répond toujours pas. Le Vieux a l'air perplexe. Il s'éloigne un peu, et revient : « Est-ce que je peux me joindre à toi ? »

Mon oncle lève enfin les yeux : « Pourquoi ne vas-tu pas chasser avec ton frère et ton neveu ? » Le Vieux se met en colère : « Tu ne veux pas nous nourrir parce que tu es prétentieux ! Tu t'es chargé d'une nièce enceinte alors que tu n'en as pas les moyens ! » Mon oncle lâche la courroie qu'il avait dans les mains, et se dirige vers l'*umiak* renversé qui nous sert à entreposer tout ce qu'on ne peut pas garder dans la maison. Il décroche un paquet enveloppé dans une vieille fourrure et en sort une brassée de poissons séchés, qu'il jette aux pieds du Vieux. « Maintenant, va-t'en », dit mon oncle. Sans rien ramasser, le Vieux s'éloigne vers le rivage.

Le soir, le Vieux et sa famille sont encore là. Mon oncle ne dit pas un mot. Il a les mâchoires serrées. Une côte de phoque bouilli tourne, dans laquelle chacun mord une fois. Au moment où elle arrive au Vieux, Pukajaak saute son tour et la tend à son frère, assis plus loin. Le Vieux a un geste de protestation mais Pukajaak déclare d'un ton sec : « Tu ne portes le nom de personne à qui nous devons le partage, il me semble ? » Le frère de Pukajaak tend la côte de phoque à la femme du Vieux, qui la passe à sa belle-sœur. « Et elles ? demande le Vieux en regardant mon oncle avec défiance. Elles portent le nom d'un de tes parents ? » Sans lever les yeux sur lui, mon oncle répond : « Je les nourris parce qu'elles ont le malheur de vivre avec un homme qui ne chasse pas. » Puis après un silence, il ajoute : « Dès demain, tu devras nourrir ta famille – ou partir. » Après ça, plus un adulte ne prononce aucune parole. Sauf la vieille Sauniq, mère de Pukajaak, qui rassemble les enfants autour d'elle pour leur conter l'histoire d'un garçon aveugle que sa propre grand-mère voulait spolier[1] de viande.

## 35

Le lendemain matin, mon oncle finit de préparer son traîneau pour partir à la chasse. Le frère de Pukajaak se joint à lui, ainsi que deux chasseurs de la maison voisine. Ils feront équipe tous les quatre. Avant de partir, le Vieux et sa famille n'ayant toujours pas quitté le camp, mon oncle demande à sa femme que nous les rejoignions tout à l'heure, à la sortie du fjord. Nous préparons ainsi l'autre traîneau, avec ce qu'il faut pour passer quelques nuits sur la banquise. Mon oncle et ses compagnons ont laissé une trace nette en quittant le camp, il nous est facile de la suivre. Je suis installée à l'arrière du traîneau, avec la lampe sur mes genoux. Mon regard et mon ventre restent tournés vers la terre, afin que ma présence ne fasse pas fuir le gibier.

Là où le fjord s'ouvre sur la mer, la glace devient plus irrégulière. Pukajaak conduit le traîneau avec précaution. Elle ne veut pas le briser contre un hummock[2], ni faire durcir mon ventre à cause des secousses. Nous apercevons enfin les hommes au loin, en train de guetter, immobiles, les phoques à leurs trous de respiration. Pukajaak sait que nous

1. Déposséder, priver.
2. Épaississement de la banquise formant une élévation de terrain.

devons nous tenir à distance, elle stoppe l'attelage. Nous installons un camp sommaire en les attendant.

En fin de journée, mon oncle, le frère de Pukajaak et leurs compagnons reviennent vers nous. Ils n'ont attrapé aucun phoque. Mon oncle hésite à nous faire tous déménager jusqu'à la côte, pour m'éloigner de leur zone de chasse. Sauniq, la mère de Pukajaak, qui est chamane, dit calmement : « Si ta nièce ne pose pas les yeux sur leur *aglu*, les phoques ne déserteront pas. Vous avez simplement manqué de chance aujourd'hui. »

Un grand igloo de neige est construit et nous prenons notre premier repas sur la glace : un peu de thé chaud, quelques morceaux de viande et de graisse. L'igloo est très froid et nous cherchons vite le sommeil, blottis les uns contre les autres au milieu de la plate-forme.

Le lendemain matin, les hommes repartent à la chasse, en quête de nouveaux trous de respiration, plus fréquentés. Mais les trous gèlent et se referment les uns après les autres. Aucun phoque ne montre le bout de son nez de toute la journée, les chasseurs rentrent à la nuit, sans prononcer un mot. Si ce n'est le hurlement des chiens au-dehors, le deuxième soir dans l'igloo de neige est parfaitement silencieux.

Pourtant, je ne dors quasiment pas de la nuit : le fœtus doit avoir froid lui aussi, et peur que son eau gèle, car il s'agite comme un omble pris au piège dans une outre[1]. J'entends des clapotements lointains. Viennent-ils de mon ventre ou de la mer sous la glace ?

Le troisième jour, la chasse n'est guère meilleure. Aucun phoque, aucun autre mammifère marin. Mon oncle a seulement vu un ours errer au loin – ce qui n'est pas bon signe. Lassées d'attendre au camp, les deux

**1.** Sac en peau animale servant de gourde.

familles des chasseurs accompagnant mon oncle et le frère de Pukajaak nous ont rejoints. Il faut que nous trouvions de quoi manger.

Le lendemain, les hommes partent avec les deux attelages, au cas où l'ours se montre à nouveau – ils pourraient alors lancer les chiens après lui. Mais l'ours a disparu, et toujours aucun gibier au bout des harpons.

Au retour des hommes le soir, un événement funeste[1] advient. Au moment où mon oncle les dételle, les chiens, affamés, se jettent sur moi à cause d'un bout de peau que j'ai dans les mains. Ils se battent, les traits s'emmêlent. Tandis que j'essaie de leur échapper, ma jambe se prend dans une boucle de cuir. Je suis traînée sur plusieurs mètres, avant que mon oncle parvienne à maîtriser les chiens. Pukajaak me relève et me ramène à l'igloo. J'entends les hommes discuter au-dehors, puis mon oncle entre, la mine sévère. Il dit à sa femme : « Prépare ses affaires ; je la ramène à terre. » Pukajaak s'exécute, empaquetant aussi les siennes. Elle restera avec moi sur la côte.

L'ancien campement étant loin, mon oncle nous dépose à l'est du fjord. Avant de repartir, il construit à la hâte un petit igloo, promettant de revenir demain avec de la viande. Pukajaak est inquiète et me demande de rester allongée sans rien faire. Avec ce qu'il s'est passé aujourd'hui, les traits emmêlés à mes pieds, il ne faudrait surtout pas que l'enfant se décide à naître : il aurait à coup sûr le cordon enroulé autour du cou. Cette nuit-là, le fœtus ne bouge pas – il semble gelé dans sa coque de bois. J'ai mal au ventre.

**1.** Qui porte malheur.

## 36

Les jours passent, le fœtus a repris vie à l'intérieur de mon corps. Mon oncle est revenu avec quelques peaux pour nous construire une petite maison d'hiver, mais il ne nous a rien apporté à manger. La chasse est toujours infructueuse[1]. L'ours qui rôde est maigre pour un hiver si jeune, cela préoccupe les hommes. La vieille Sauniq nous a rejointes. Je l'ai entendue dire à sa fille que là-bas, sur la banquise, les hommes et les enfants ont commencé à rogner de vieilles peaux – la faim se fait de plus en plus cruelle. « Après une saison si faste[2], c'est tout de même étrange… », murmure Pukajaak. Devinant ses pensées, sa mère dit doucement : « Et pourtant, cela n'a rien à voir avec l'état d'Uqsuralik. Nous n'avons enfreint aucun tabou[3]. »

De plus en plus souvent, le fœtus se fige dans mon ventre comme dans un igloo trop petit. Mais Sauniq, qui a beaucoup d'expérience, dit que le tunnel est encore trop haut, trop étroit pour qu'un bébé s'y engage.

Nous avons fini nos dernières provisions ; il reste à peine assez de graisse pour la lampe. En temps normal, nous l'aurions mangée, mais Sauniq dit que nous en aurons besoin pour chauffer l'igloo au jour de l'arrivée de l'enfant. Si nous voulons nous nourrir, il ne nous reste plus qu'à aller ramasser des coquillages sous la banquise, durant le court moment où le soleil va effleurer la glace.

Pukajaak voulait y aller seule avec Sauniq, mais celle-ci pense que c'est pour moi un bon exercice. La marche ne peut que faciliter le passage d'un monde à l'autre. Pukajaak insiste alors pour me prêter ses bottes, moins usées que celles que je porte.

---

**1.** Sans résultat.
**2.** Abondante.
**3.** Interdit (souvent lié au sacré).

Nous marchons avec précaution jusqu'à l'estran[1]. À marée basse, les glaces y forment des cavernes. Pukajaak choisit celle qui a l'air la plus accessible. Avec un pic, elle creuse une ouverture par laquelle je peux passer sans trop me courber. Elle ôte aussi toutes les aiguilles de glace qui pourraient faire peur à l'enfant. Assise sur les fesses, je me glisse sous la voûte bleutée.

C'est la première fois que je pêche à pied sous la banquise. La vieille Sauniq l'a souvent fait avec sa famille quand elle était petite, mais c'est une activité dangereuse que l'on ne pratique plus qu'en cas de nécessité. Les risques de rester coincé sous le couvert de glace sont grands. Dès que l'on entendra l'eau revenir, il faudra sortir sans attendre.

Mais pour le moment, la mer est loin, la glace a suspendu sa respiration. Les petits claquements que l'on entend sont ceux des coques, des moules et des palourdes qui s'ouvrent et se ferment dans cet univers dont on ne sait s'il est souterrain ou marin. Avant de partir pêcher des crustacés plus loin, Pukajaak me montre comment cueillir les coquillages sur leur rocher. Il faut les choisir bien vivants. Assise près d'un massif, je m'y essaie avec succès. J'en casse et j'en mange plusieurs dizaines sur place.

En regardant la lumière qui filtre à travers la glace, je me demande si le fœtus perçoit le jour qui nous entoure. C'est un bébé d'hiver que je vais mettre au monde. J'espère que la famine ne m'obligera pas à l'enterrer tout de suite sous la neige.

---

1. La plage.

## 37

L'eau s'est enfin répandue sous moi. À quatre pattes sur ma peau d'ours, j'agrippe la fourrure à pleines mains. Cela fait plusieurs heures que Pukajaak, sa mère et moi sommes sorties de la caverne de glace. Tandis que mon ventre se contracte en vagues régulières, je pense à l'eau qui doit maintenant aller et venir, là-bas, sous la glace.

Le regard fixé sur mes doigts crispés, j'entends que du monde se présente à l'entrée de la tente. Les femmes, les enfants et même les chasseurs qui étaient sur la banquise, tout le monde est venu. Quelqu'un a apporté ce qu'il restait de graisse dans le campement, pour la lampe – afin que l'enfant ne naisse pas dans le noir. Tous vont attendre dans le petit igloo de glace qui jouxte[1] la tente. Pukajaak demande à mon oncle de tourner plusieurs fois autour de notre abri, selon la trajectoire du soleil. Si le fœtus est dans une mauvaise position, cela va l'aider à se remettre dans le bon sens.

Je suis maintenant à demi assise, face à la vieille Sauniq. Pukajaak m'offre ses mains, que je serre, que je serre jusqu'à lui broyer les doigts. Des cris de morse sortent de ma gorge. Pukajaak me met un os dans la bouche afin que je morde.

Sauniq appelle le bébé par des petits noms que je n'entends pas. Je ne vois que son visage noir devant la lampe qui vacille. Son ombre immense sur la tente me rappelle le géant qui m'avait parlé sur l'île où j'étais arrivée avec ma chienne. Il me semble que, dehors, les hurlements d'Ikasuk répondent à mes cris.

Sauniq entonne maintenant un chant qui sonne comme un ressac[2]. L'image qui me vient entre deux vagues de douleur est celle de Tulukaraq

---

**1.** Avoisine, se trouve à côté.

**2.** Mouvement de retour violent de la vague contre un obstacle.

qui entrait et sortait si facilement de son kayak. Cet enfant est le sien, et cette vision m'ouvre enfin le ventre. Je sens la tête glisser entre mes cuisses comme un museau de phoque émerge de la glace.

Sauniq accueille le nouveau-né entre ses mains. Avec sa paume, elle fixe vite son sexe, afin qu'il ne change pas, et enveloppe son corps dans plusieurs peaux. Le bébé pousse son premier cri. Des rires lui répondent de l'autre côté de la tente. Je découvre avec joie le visage de mon enfant. Ses petits yeux éberlués me regardent à travers deux fentes fraîchement pratiquées. Passant une main sous les peaux d'eider[1] et de phoque, je tâte ses fesses : c'est une petite fille qui vient de m'arriver.

Pukajaak me fait asseoir, tandis que sa mère noue le cordon avec un tendon de caribou, puis le coupe avec son *ulu*. Après quoi elle me reprend l'enfant. Lui tenant le quatrième doigt, elle murmure plusieurs noms à son oreille. Je devine celui de Tulukaraq – mais le bébé ne réagit pas. Je crois aussi entendre ceux de mon père, de ma mère, de ma grande sœur, de mon petit frère… mais ce ne doit pas être ça. Le froid me prend soudain, je tremble de tout mon corps. Pukajaak me frictionne et me parle tandis que mon esprit cherche à rejoindre l'ouverture du fjord. Je crois que ça dure assez longtemps. Enfin, je reviens dans la tente. Sauniq me redonne le bébé en disant : « Ta fille s'appelle Hila. C'est le nom du cosmos… et celui de ma mère ! » Son visage rayonne comme celui d'une enfant. Elle place ensuite le bébé sous ma veste et l'aide à trouver la source de sa nourriture. Ce petit bec qui tire, qui tire sur le bout de mon sein me tire aussi vers un sommeil profond – profond et dur comme la terre.

1. Grand canard des pays du Nord, recherché pour son duvet.

 

### ***Chant de Sauniq à sa petite mère***

*Mmm mmm, arnaliara*
*Petite femme tout juste fabriquée*
*Petit être que j'ai tiré*
*J'ai tout de suite su que c'était toi*

*Mmm mmm, arnaliara*
*Sous la banquise*
*Quand l'eau a commencé à monter*
*Quand les coquillages ont commencé à siffler*
*J'ai reconnu ton souffle et ton chant*
*La façon unique dont tu faisais*
*Autrefois claquer ta langue*

*Mmm mmm, arnaliara*
*Petite mère adorée*
*C'est une telle joie de te retrouver!*

*Mmm mmm, arnaliara*
*Nous allons finir ma vie ensemble*
*Je te nourrirai de crustacés*

*Mmm mmm, arnaliara*
*Aucune famine ne nous séparera*
*Et si tu devais mourir ce soir*
*Je mourrais avec toi*

*Mmm mmm, arnaliara*
*Je mourrais heureuse près de toi*
*Mmm mmm, arnaliara*

*Ma mère, ma petite mère adorée*
*Tu es le plus bel enfant jamais fabriqué*

## 38

À mon réveil, Hila n'est plus contre moi. Elle est dans les bras de Sauniq, qui chante pour elle.

J'ai le corps et le cœur lourds, mon bassin est froid. Pukajaak est toujours à côté de moi. Elle a fait fondre de la neige dans la marmite de pierre et tente de me donner de l'eau chaude à boire, dans laquelle tremblent des racines.

D'un coup, sans que je cherche vraiment à la formuler, la question vient: « Pourquoi a-t-on proposé à ma fille le nom de mon père, celui de ma mère, et encore celui de ma sœur puis de mon frère? » Pukajaak me regarde par en dessous, sans rien dire. Sauniq continue de chanter.

Après que j'ai bu ce qu'elle me tendait, Pukajaak dit: « L'hiver dernier, ton oncle a retrouvé les débris d'un traîneau dans la glace. Un paquet était encore accroché qui contenait un couteau de femme. Il est à peu près sûr qu'il s'agissait de celui de ta mère. » Cette annonce achève de me pétrifier. Pukajaak s'en rend compte: « Je suis désolée, Uqsuralik. »

Jusqu'ici, j'avais toujours évité de penser à la façon dont ma famille avait pu survivre ou non à la fracture de la banquise. Maintenant, je suis tourmentée. Ont-ils été engloutis vivants par les glaces? Ont-ils d'abord eu faim sur une plaque à la dérive? L'un d'eux a-t-il été broyé par la débâcle[1]? Ou ont-ils eu la chance de disparaître tous ensemble dans une crevasse?

1. Effondrement soudain lié au dégel de la glace emportée par le courant.

Les jours qui suivent, je ne demande plus rien. Mais chaque fois que je dois allaiter Hila en silence, des images me hantent. Sauniq cajole ma fille aussi souvent que c'est nécessaire pour elle et pour moi. Sa présence apaise les cris de cette enfant qui vient de naître et qui n'est jamais rassasiée, ni de lait ni de chaleur – allez savoir pourquoi.

## 39

Cela fait presque une demi-lune que Hila est là. Mes nuits près d'elle s'apaisent. Elle grandit et elle tète bien. Je continue de me nourrir de moules et de crustacés ramenés par Sauniq et Pukajaak.

Pour les autres, la faim s'installe. Les chasseurs sont retournés pour moitié sur la banquise, pour moitié à l'ancien campement. Ceux de la banquise ont mangé deux chiens, l'un blessé à la patte, l'autre attaqué par ses congénères affamés. Au fond du fjord, les enfants mâchent de vieilles peaux pour tromper leur estomac. Certains adultes ont des maux de tête, d'autres font des rêves cannibales. Il paraît que la chair humaine bien cuite a un goût très délicat. Je sais qu'il s'en trouve, parmi nous, qui ne comprennent pas pourquoi nous n'avons pas déjà étouffé Hila.

Puis un matin, au moment où le soleil parvient à dépasser l'horizon pour la première fois de la saison, un groupe de quatre chasseurs apparaît au loin. Ils étaient de l'autre côté du fjord et arrivent en grande hâte sur un traîneau. Ils appellent et agitent les bras. Pukajaak, sa mère et moi les attendons debout, en passant sans cesse d'un pied sur l'autre.

« Nous avons tué un ours ! » crie soudain le frère de Pukajaak. Mon oncle est avec eux. Nos mains frottent vigoureusement la peau de nos pantalons, nous sommes certaines de recevoir une part de viande. À leur arrivée, les hommes délient le corps de l'ours – les paroles rituelles sont dites pour le remercier de s'être laissé tuer. Il est assez maigre. Il s'agit bien de l'ours qui rôdait depuis quelque temps.

Le frère de Pukajaak l'a vu en premier, c'est à lui que reviennent la tête et la peau. Les chasseurs se partagent ensuite les bons morceaux des pattes. Les autres familles recevront plusieurs côtes. Nous sommes sauvés de la famine pour quelques jours, mais il va falloir changer de campement. La maigreur de l'ours est la preuve que tout autre gibier a déserté l'endroit.

## 40

Nous nous sommes tous réunis au fond du fjord. Des traces datant de plusieurs jours montrent que le Vieux et sa famille sont partis vers l'ouest. Cette fois, il n'a pas laissé de *tupilak*, mais au fond de la maison, sur la plate-forme où je dormais, se trouve un vêtement d'enfant en peau de caribou. Je reconnais la couleur et les coutures d'une ancienne veste de la femme du Vieux. Je devine qu'elle a laissé ça pour ma fille et le roule dans mon paquetage.

Au moment de partir, il faut décider de l'endroit où nous allons. La vieille Sauniq raconte qu'une fois, quand elle était petite, les phoques avaient ainsi déserté le fjord. Il avait fallu contourner la pointe et cheminer vers le nord pour trouver d'autres mammifères marins. Elle se souvient d'un endroit qu'on appelait la Griffe-de-Chien, à cause d'un promontoire qui s'élevait en deux escarpements au-dessus de la mer. Pour l'atteindre, elle et sa famille avaient marché longtemps.

« Mère de ma femme, saurais-tu retrouver cet endroit ? demande mon oncle.

– Oh moi, non ! rit-elle. Mais ma petite mère qui est là, elle, s'en souviendra. » Elle parle de Hila.

Et c'est ainsi que nous avons attelé les chiens et que nous sommes partis vers le nord. Nous aurions pu nous engager directement sur la banquise, mais mon oncle craignait le chaos des glaces à l'embouchure du fjord. Longer la côte était plus sûr. Nous avons marché durant deux jours sur la rive enneigée, pour atteindre la pointe qu'on appelle Roche-Tendre. Les hommes ont ramassé là quelques pierres bonnes à sculpter. Cela aidera peut-être à amadouer le gibier marin. Le troisième jour, nous nous sommes enfoncés vers l'intérieur, jusqu'au glacier près duquel vivent Ceux-qui-gravissent-le-mont. Nous avons franchi ce glacier le quatrième jour, mais n'avons trouvé de l'autre côté qu'un campement abandonné. Sans doute nos voisins, connaissant un hiver aussi maigre que le nôtre, sont-ils partis eux aussi plus au nord. Peut-être les rencontrerons-nous plus loin. En attendant, nous devons poursuivre et franchir un autre fjord, un autre glacier… Passer par la banquise nous éviterait bien des jours de marche sur la côte, mais il y a ce chaos de glace… et aussi l'endroit inconnu de moi, au large, où mon oncle, l'an passé, a trouvé le traîneau fracassé de ma famille.

## 41

Au huitième jour, nous avons failli manquer la Griffe-de-Chien. Nous étions fatigués, il y avait de la brume, nous suivions silencieusement la trace des chiens. Quand soudain Hila s'est mise à crier dans mon *amauti*. J'avais essayé de la nourrir en marchant, mais elle ne s'arrêtait pas. Alors, assise sur le premier traîneau, la vieille Sauniq a fait signe à mon oncle de s'arrêter. Hila s'est enfin tue. Nous étions juste au-dessus du rivage figé dans les glaces, il n'y avait aucune brise, aucun bruit. Nous avons attendu là que quelque chose se passe. Au bout d'un certain temps, le brouillard est devenu moins épais et une masse sombre s'est détachée au loin. C'était un morse. Grâce à notre silence, les chasseurs l'ont eu à l'affût et nous nous sommes installés pour le manger sur place, le soir même. Quand le jour s'est levé le lendemain, libéré des brumes, Sauniq a reconnu l'endroit où sa famille avait survécu. La Griffe-de-Chien se dressait juste derrière nous.

Une bonne part du morse est revenue à Hila, et nous avons gardé pour elle une des grosses dents arrondies. Ce bel ivoire pesait lourd sur sa petite poitrine d'oiseau. En l'enveloppant dans une lanière de cuir plus large, Sauniq a dit : « Cette amulette te rendra forte, petite mère. » Les autres ont reconnu qu'on avait bien fait de ne pas étouffer ce bébé sous la neige.

## 42

C'est maintenant le troisième printemps que nous passons à la Griffe-de-Chien. Hila a fait ses premiers pas ici l'an dernier et ne grimpe quasiment plus dans l'*amauti*. Elle va d'une maison à l'autre, réclamant de l'affection et des friandises. Elle essuie peu de refus. Le campement est pour elle une seule et même famille.

En cela, elle ne se trompe pas beaucoup, car peu de temps après notre arrivée ce fameux hiver de faim, alors que je n'étais pas encore tout à fait remise de l'accouchement et de la nouvelle qui l'avait accompagné au sujet de mes parents, Sauniq a proposé de m'adopter. J'ai maintenant une mère qui est également la fille de ma fille, et dont je suis ainsi la grand-mère : nous sommes un cycle de vie à nous trois, et les autres se trouvent naturellement reliés à nous par leurs liens à Sauniq. Comme il n'y a pas d'homme dans notre maisonnée, je me suis remise à chasser. Sauniq s'occupe de Hila quand je pars plusieurs jours avec mon oncle – et tout est bien comme ça.

# TROISIÈME PARTIE
## *L'HOMME-LUMIÈRE*

### 43

C'est l'été. Nous sommes sur la toundra. Les tentes sont installées en un endroit qu'on appelle Là-où-la-rivière-coule-en-deux-bras. Nous espérons qu'au début de l'automne, les caribous passeront non loin d'ici. Autrement, mon oncle dit que nous irons les chercher plus haut, Là-où-s'étend-un-grand-lac.

En attendant le gros gibier terrestre, nous faisons de longues promenades pour cueillir des baies. Hila se gave de myrtilles, tous les jours elle s'en met plein le visage. Sauniq m'apprend à récolter des racines que je ne connaissais pas. Légèrement grattées, elles croquent sous la dent comme de bons cartilages[1]. Nous en trempons également de grandes quantités dans la graisse de phoque afin de les conserver pour l'hiver. Enfermées dans une outre, elles vont fermenter jusqu'à devenir aussi fondantes que des petits morceaux de glace. Rien qu'en y pensant, ma vieille mère pousse de grands *hmmm!*, Hila la regarde avec des yeux gourmands.

Lorsque je m'absente, et même lorsque je suis là, Sauniq prend grand soin de sa petite mère. Il y a quelque temps, malgré ses douleurs de vieille femme, elle est allée ramasser un gros fagot[2] de saules nains pour lui faire une nouvelle natte. À quatre pattes dans la tente, des cailloux plein les poches, elle a aussi remis du bon gravier sous sa couche.

---

**1.** Tissus solides et élastiques du corps.
**2.** Ensemble de branchages réunis en un faisceau.

Il n'est pas rare qu'en rentrant chez nous après la pêche ou une cueillette au loin, je les entende rire toutes les deux. Sauniq chante le même langage que Hila : « *Taka taka taka... tu es ma petite mère à moi... Taka taka taka... je colle mon nez à toi... Taka taka taka... je te porte avec deux doigts!* » Le jeu est toujours le même : Sauniq enfonce ses doigts sous les côtes de Hila, qui rit comme une couvée d'oies !

## 44

Hier, nous sommes parties toutes les trois pour récolter des œufs de sterne. Sauniq a montré à Hila comment reconnaître les nids, qui sont comme de petits cratères creusés au sol. Elle n'arrêtait pas de répéter : « Tu te souviens, petite mère ? Tu te souviens comme tu étais forte à cela autrefois ? Avec tes petits yeux de renard… » Hila ramassait les œufs avec sérieux. Lorsque l'un d'eux s'est échappé de ses mains pour aller se briser contre une pierre, elle s'est mise à pleurer. Non parce que son contenu était bu par le sable, mais parce qu'elle pensait que ces petites boules grisâtres tachetées de noir étaient quelque chose d'infiniment précieux pour sa grand-mère. Sauniq l'a consolée en cassant d'autres œufs devant elle et en les lui donnant à manger. Hila a retrouvé le sourire. Comme nous étions dans un endroit agréable, nous en avons profité pour prendre un peu de repos. Nous avons fait un festin d'œufs crus, de racines et de baies.

Plus tard, tandis que ma vieille mère et moi digérions tranquillement, adossées à de grosses pierres, Hila est allée jouer un peu plus loin, dans un bras de rivière. Elle déplaçait des cailloux et le tintement mat qu'ils faisaient en retombant les uns sur les autres berçait nos oreilles. Soudain, nous l'avons entendue crier : « *Ia-a! Ia-a!* » Nous avons accouru :

un omble au ventre rouge était prisonnier du bassin qu'elle avait construit sans s'en apercevoir, et tentait de passer le barrage en s'arc-boutant[1]. Sauniq jubilait[2] : « Petite mère ! Petite mère ! En naissant d'Uqsuralik, tu as troqué tes yeux de renard contre ceux d'un ours ! » Devant cette première prise, j'ai fait ce qu'il fallait : j'ai offert le poisson à Sauniq, en la remerciant d'avoir fabriqué une si bonne pêcheuse.

Ensuite, nous avons pris le chemin du retour vers le camp. Lentement, car Hila était fatiguée. J'ai même dû la porter un moment dans l'*amauti*. Les pierres entre lesquelles nous marchions étaient chauffées par le soleil, il soufflait une brise légère. La plupart des fleurs autour de nous étaient fanées, mais il flottait encore dans l'air une odeur sucrée.

Le soleil de fin de journée allongeait considérablement nos ombres sur l'herbe rase. En haut des buttes, nous avions devant nous des êtres mesurant trois ou quatre fois notre taille. Ma fille paraissait être une personne immense, accompagnée de deux géantes – ce qui l'amusait énormément.

## 45

L'automne est arrivé, nous avons dû remonter jusqu'au lac pour croiser la route des caribous. Mais la chasse a été bonne. Certains jours, les troupeaux étaient aussi denses qu'une nuée de moustiques ! Les hommes sur leurs kayaks et nous autres sur la rive, nous avons tué assez de bêtes pour bien commencer l'hiver. Avec les peaux qui me reviennent, Sauniq a de quoi nous coudre une veste et un pantalon chacune, refaire aussi

**1.** En s'adossant contre la paroi.
**2.** Exprimait une joie vive.

nos bottes usées. Ma petite mère est vieille, mais elle est vaillante. Dès que nous aurons regagné la côte, elle m'aidera à couvrir mon kayak d'une nouvelle peau. Elle dit que je mérite d'avoir une bonne embarcation, pour accompagner les meilleurs chasseurs de notre groupe. De son côté, Pukajaak attend que je lui ramène une fourrure de renard arctique afin de finir une petite tenue de fête pour Hila.

Malgré toutes ces bonnes choses, je ne suis pas en paix. L'automne et la disparition progressive du soleil alourdissent mon cœur un peu plus chaque jour. Ce matin, nous levons le camp pour regagner la mer. En affalant[1] la tente, mon angoisse est toujours la même : vais-je trouver là un *tupilak* menaçant ma vie ou celle de Hila ? En lançant un jour un esprit maléfique aux trousses de Tulukaraq, le Vieux n'a pas seulement tué son fils, il a empoisonné mon existence. J'inspecte tous les pans de peaux et je soulève chaque pierre plusieurs fois.

Sauniq me regarde faire : « Ma fille a-t-elle perdu quelque chose ? » Je lève vers elle des yeux piteux[2]. On ne parle jamais de ces choses-là, mais elle sait certainement ce qui est arrivé au père de la petite Hila. Devant mon mutisme, Sauniq finit par dire : « Ne t'inquiète pas. Nous allons coudre des plumes à la combinaison de ta fille. Grâce à son nom, elle connaît les couloirs du temps et le sens du vent. Si quelqu'un cherche à lui faire du mal, elle pourra se sauver comme un oiseau qui prend les courants ascendants. »

En chemin vers la côte, Sauniq demande à mon oncle d'attraper un corbeau qui nous suit depuis longtemps et de le lui donner vivant. Tandis que nous en profitons pour nous arrêter manger, ma vieille mère reste à l'écart près d'un tas de pierres. Je la regarde du coin de l'œil. Elle chante

---

**1.** En défaisant.
**2.** Tristes, remplis de confusion.

une formule à l'oiseau, et lui tord le cou. Elle le dépose ensuite sur le tas de pierres et saute longtemps d'un pied sur l'autre. Enfin, elle lui arrache les ailes et le déplume. Seule une aile reste intacte, qu'elle passe plusieurs fois à l'intérieur de son collier d'amulettes. Au moment de repartir, le corbeau est laissé là, à l'exception de l'aile que Sauniq a soigneusement enfouie dans sa poche.

Le soir même, alors que nous installons un camp provisoire pour la nuit, Sauniq déshabille Hila et coud l'aile de corbeau à l'extérieur de son manteau – un peu au-dessous de l'épaule. Les autres enfants du camp se mettent à tourner en rond autour d'elle, en poussant des croassements. Sauniq tourne avec eux, en croassant également. Elle a l'air de jouer, mais en montrant du respect à Hila, elle transforme leurs moqueries en marques de déférence. Je ne dis rien, mais j'ai envie de pleurer. Ma grande sœur Pukajaak, qui observe la scène avec moi, me serre gentiment le bras. Il est bon d'avoir une famille près de soi.

### *Chant de l'esprit céleste*

*« Comme tu es laid avec ton corps sans fin »*
*Disaient autrefois les humains à tête de chien*

*Il y a longtemps que je n'ai pas touché la banquise,*
*La toundra et l'inlandsis*[1]

*Je suis un être immense qui s'étire sur la voûte céleste*
*Je n'ai pas d'os, mes articulations sont liquides*
*Mes membres dansent autour de mon tronc*
*Je n'ai pas de nombril*

1. Glacier continental, calotte polaire.

*Il y a longtemps que je n'ai pas touché la banquise,*
*La toundra et l'inlandsis*

*Les humains ont changé*
*Ils ont maintenant le nez plat*
*Les oreilles collées à la tête*
*Une peau sans poil qui ressemble à du cuir mâché*

*Mais je reconnais leur odeur musquée*[1]
*Leur façon de parler*
*Les langues qui claquent comme des galets*

*Il y a longtemps que je n'ai pas touché la banquise,*
*La toundra et l'inlandsis*

*Une jeune femme est en train de se pétrifier*
*Je vais tâcher de l'en empêcher –*
*Avant de retourner à la terre gelée*

## 46

J'ai une famille, une fille qui marche, qui parle et qui rit. Je pourrais vivre tranquille. Mais dès que je suis seule, la peur revient, toujours plus forte, et ne me quitte pas. Je redoute les esprits maléfiques qui pourraient s'en prendre à moi. Je sais que Hila est protégée de leur influence par les soins de Sauniq – mais moi, qui me protège ? Chaque fois que je prends

**1.** À la forte odeur de musc (une substance odorante sécrétée par les glandes de certains animaux).

mon kayak pour chasser le phoque, je crains d'être appelée malgré moi vers le large. Même lorsque je suis avec d'autres chasseurs, je crains de leur échapper et de disparaître dans la brume.

Un jour que je naviguais trop près de lui pour cette raison, mon oncle m'a demandé ce que je fichais là : « Tu vas faire fuir le gibier, si tu continues – et je ne pourrai plus t'emmener avec moi. » J'ai pris cette réflexion sensée pour une menace, et j'ai cherché à le mettre à l'eau à coups de pagaie. Mon oncle s'est défendu sans colère, mais une fois revenu à terre, il a renouvelé son avertissement.

Alors je suis devenue folle. Je l'ai frappé, frappé avec ma pagaie, puis avec mes poings, avec mes pieds. Je criais : « Tu es un bon chasseur, je veux que tu me dévores ! Que tu me dévores ! » Je ne pouvais m'arrêter ni de crier ni de frapper. Les autres chasseurs ont fini par m'attraper et me ligoter avec du tendon de phoque pour me ramener au camp.

Après cet épisode de rage, je suis restée prostrée[1] quatre jours. Sauniq a pris soin de moi. Quand j'ai pu parler, j'ai dit : « Tu es vieille, Sauniq. Un jour, tu seras laissée sur une île avec les chiens. Si moi je meurs aussi, si les esprits me vainquent, Hila sera seule. Orpheline pour de bon. Même quand ils sont protégés par des amulettes, rien de bon n'arrive aux orphelins. »

Sauniq n'a pas répondu, mais le lendemain, elle a confié Hila à ma sœur Pukajaak, et nous sommes parties toutes les deux jusqu'au pied d'une montagne qu'on appelle Celle-où-court-une-ligne. Le glacier qui la couvre s'arrête brutalement, formant une falaise noirâtre. On dit qu'un géant est sorti de la mer par là et qu'il a cassé la glace avec ses pieds. Depuis, la montagne est instable, c'est un endroit dangereux.

**1.** Effondrée, abattue, déprimée.

En me donnant ma vieille peau d'ours, Sauniq a dit : « Tu vas rester là quelques jours. Ton abri ne devra pas se situer à plus de vingt pas de la falaise. Par grand vent, tu dois entendre les morceaux de glace et les pierres tomber autour de toi.

– Mais je risque de mourir, Sauniq.

– Certainement, ma fille. Et de cela tu es bien persuadée, puisque tu voulais que ton oncle te dévore. On ne demande ce genre de chose que lorsqu'on veut survivre à une mort qu'on juge certaine. Alors, voilà : je t'ai amenée là pour que tu tentes ta chance. »

Puis Sauniq est partie. Je suis restée seule sous la falaise, avec ma peau d'ours et rien à manger. Je sais ce que Sauniq est en train de faire : sauver Hila et le groupe de ma folie, me soumettre à l'épreuve des esprits.

Sans couteau à neige, avec mon seul *ulu*, je construis un abri de fortune, empilant des pierres. Je comble les trous par des éclats de vieille glace. J'ai des graviers sous les ongles et des écorchures aux doigts. Le premier soir, je suce mon sang en regardant la voûte céleste.

## 47

Le lendemain, j'essaie de dénicher une ou deux proies dans les terriers, mais je ne trouve rien. Une fine pellicule de neige est tombée, j'en amasse dans mes paumes pour la faire fondre et la bois à toutes petites gorgées.

Le troisième jour, je pense fort à Hila. À la petite aile de corbeau qui est cousue à son manteau, à ses jeux dans la rivière, parmi les pierres plantées dans l'eau. J'ai l'impression d'entendre son rire près de moi.

Le quatrième jour, je commence à mâcher la peau de mes bottes, qui est la plus fraîche, la plus mangeable de tous mes vêtements. J'ai si froid que mes jambes commencent à durcir. Je crois entendre Hila qui crie : *Anaanak !* Maman !

En fait, c'est Sauniq qui revient me voir. Ce que j'ai pris pour un cri d'enfant n'est que son pas léger sur les galets. « As-tu reçu de la visite, ma fille ? » demande-t-elle en se pliant pour entrer dans mon abri. Je suis incapable de lui répondre. Elle dépose près de moi une côte de phoque bouilli et reste un long moment à me regarder sans rien dire. Puis elle se lève pour repartir.

Juste avant de quitter l'abri, elle lâche : « Quand l'esprit que tu cherches se présentera, Uqsuralik, tu réciteras ceci :

*Les morts qui montent au ciel*
*Sur des marches montent au ciel*
*Sur des marches qui sont usées.*
*Tous les morts qui montent au ciel*
*Sur des marches usées*
*Usées à l'envers*
*Usées à l'intérieur*
*Montent au ciel.*

C'est un chant qui vient d'Ammassalik[1]. Je te le vends pour un *kamik.* »

Et Sauniq repart avec l'une de mes bottes mâchées.

1. Île du sud-est du Groenland.

## 48

Je suis encore restée quatre jours comme ça – sans toucher au phoque bouilli. Mes jambes étaient incapables du moindre mouvement, j'avais l'impression d'être assise dans un bol de pierre. J'ai fini par m'endormir profondément.

C'est alors que j'ai été frôlée par de petites ailes. Je me sentais tirée vers le ciel, tandis qu'en réalité mon corps s'enfonçait dans la terre. La falaise grondait derrière moi et envoyait des pierres sur mon abri. L'une d'elles, plus grosse que les autres, a fini par le faire voler en éclats. Mon corps inerte[1] et mon regard se sont trouvés libérés d'un coup. La nuit était très claire. En se brisant, mon abri avait projeté des centaines de morceaux de glace qui se mêlaient à la voûte céleste. Le ciel scintillait depuis la mer au loin jusqu'en haut de la falaise.

Quand tous les morceaux de glace ont enfin suspendu leur course pour se joindre aux étoiles, les pierres ont cessé de tomber. Un escalier s'était creusé dans la falaise et une aube verte était en train de descendre vers moi. Avais-je récité la formule de Sauniq sans m'en apercevoir, et ainsi appelé les morts ? Un ancêtre était-il en train de venir à ma rencontre pour m'emmener dans le monde supérieur ?

L'aube verte a touché le sol et s'est transformée en homme. Il était grand, couvert d'un large capuchon qui me cachait son visage. Il a marché vers moi et, en arrivant sur les ruines de mon abri, il s'est mis à sauter. Les vibrations dans le sol me donnaient l'impression qu'il tassait mes jambes dans la pierre, que je ne pourrais plus jamais en sortir. Puis il s'est arrêté. Il m'a prise sous les bras, et il a tiré, tiré, tiré, jusqu'à ce que

---

1. Qui ne bouge pas, sans vie, sans réaction.

mon buste se détache de mes jambes. Je voyais mon sexe ouvert dans le sol, tandis que mes entrailles flottaient dans les airs. Du sang coulait abondamment. L'homme aboyait, je ne comprenais pas ce qu'il disait. Petit à petit, ses cris sont devenus des syllabes, puis des mots.

« Uqsuralik, a-t-il dit – il connaissait mon nom. Tu as perdu toute ta famille et le père de ta fille. Moi, je n'ai pas touché la terre depuis des siècles. Je peux être ton mari, si tu le souhaites. »

L'homme a ôté son manteau. J'ai vu que ses articulations étaient liquides, que ses membres dansaient autour de son tronc et qu'il n'avait pas d'os. Son sexe à plusieurs branches était dressé comme un bois de caribou et cachait mal son ventre sans nombril.

Je craignais tellement de mourir que j'ai crié : « Oui, oui ! À condition que tu me rendes mes jambes. » Je voulais réintégrer mon corps et me sauver très loin d'ici. L'homme m'a alors couverte de son capuchon et m'a serrée entre ses bras. Comme ses articulations n'avaient pas de tendons, ça ne faisait pas mal. C'était plutôt comme être dans l'eau, portée par le sel et les algues.

Ce contact a duré plusieurs jours – le soleil s'est montré plusieurs fois à l'horizon bas. J'ai retrouvé mon corps un matin à l'aube, tandis que la vague verte par laquelle l'homme était arrivé s'estompait dans le ciel.

## 49

J'étais de nouveau assise dans l'abri en ruine. Même si je ne les sentais pas, je parvenais à remuer légèrement les jambes. Le phoque bouilli qu'avait laissé Sauniq avant son départ était encore là, intact, à côté de mes vêtements abandonnés. Je me suis rhabillée doucement, puis j'ai mâché la viande à toutes petites bouchées pendant tout le temps que le soleil a rasé l'horizon.

Quand il s'est couché, et que la lune s'est levée, je me suis mise en route vers notre camp. Je marchais très lentement, sur mes jambes fragiles. Mon bassin était encore engourdi, mais mon ventre était chaud et plein de joie.

Je suis arrivée au matin. La grande maison d'hiver était dressée contre les rochers. Je me suis glissée par l'entrée, qui n'était encore fermée que par une peau d'ours tendue. C'est alors que je me suis aperçue que j'avais oublié la mienne au bas de la falaise. « De toute façon, elle était vieille et usée, me suis-je dit. Et si l'homme-lumière redescend par là-bas, elle lui sera sans doute plus utile qu'à moi. »

Je suis donc entrée sans reculer, j'ai repéré l'endroit où dormaient Sauniq et Hila, et je me suis couchée contre elles en attendant que la maison s'éveille.

## 50

La saison d'hiver commence bien, les phoques annelés sont nombreux dans le fjord. Certains jours, les hommes vont chasser en kayak dans les chenaux encore libres. Près du rivage, les premiers trous de respiration sont apparus dans la glace.

Je ne me joins plus à eux car, cette saison, le camp compte plusieurs chasseurs par famille. Le Vieux est de retour, avec son frère, leurs deux femmes et leurs enfants. Maintenant, ce n'est plus un garçon, mais deux qui chassent dans leur groupe. Le cousin de Tulukaraq, qui a grandi en force et en caractère, est le meilleur d'entre eux. C'est lui et son père qui décident ensemble du moment où ils partent et dans quelle direction. Le Vieux semble mis à l'écart et ne parle presque plus. Quelque chose s'est passé cet été, qu'on ne sait pas. Arrivés à temps, ils ont construit leur propre maison, de laquelle les femmes sortent peu.

De notre côté, c'est avec une sœur plus âgée de Pukajaak que nous partageons notre habitation. Sauniq est très heureuse de côtoyer à nouveau sa fille aînée, qu'elle n'avait pas revue depuis des années. Elle est là avec son mari et deux grands enfants à marier – un garçon et une fille. Sauniq a dû l'avoir bien jeune, cette fille, car les deux enfants célibataires sont plus âgés que moi. Pukajaak m'explique qu'elle et son frère n'ont pas le même père que leur sœur aînée.

Ce qui fait qu'en tout cas, cet hiver, je n'ai pas assez de doigts et d'orteils pour tous nous compter ! Nous sommes plus d'un homme complet. Avec autant de chasseurs, le travail ne manque pas. Nous sommes à peine assez de femmes pour dépecer les phoques, tailler et cuire la viande, épiler, mâcher et coudre les peaux pour en faire des vêtements.

Il faut aussi entretenir les lampes, car le grand froid est venu tôt cette année – bien avant la naissance des phoques annelés. C'est à cause de Pilarngaq, le vent femme qui souffle depuis les grandes glaces tout là-haut. Seuls les hommes sortent encore pour chasser, sans pouvoir rester longtemps dehors.

Pour l'instant, ce n'est pas très grave, car nous avons beaucoup à manger, mais si cela devait durer, il faudra demander à quelqu'un d'entre nous né un jour sans vent d'argumenter avec Pilarngaq. Sauniq a commencé à demander aux uns et aux autres de raconter le temps qu'il faisait à leur naissance. Cela agrémente nos veillées.

En attendant, je n'ai pas l'habitude de rester enfermée comme ça pendant des demi-lunes entières. Je saisis donc tous les prétextes pour m'extraire de la maison commune. C'est moi qui ai rangé les provisions de baies et de lichens sous l'*umiak* renversé, et je n'autorise personne à y aller à ma place. Je vais chercher les baies par petites poignées aussi souvent que nécessaire.

Quand c'est possible, quand la neige ne virevolte pas dans tous les sens au point de m'égarer, je marche un peu vers la falaise. Je sais que je ne peux pas retourner seule là-bas, mais quelquefois, sur le chemin, dans la faible lumière de l'hiver, je rencontre l'homme au capuchon. Il me serre alors dans ses bras comme il l'avait fait le matin où il était descendu du ciel et je sens son sexe en bois de caribou pénétrer chacune de mes artères – c'est très agréable. Je reviens à la maison remplie d'une énergie nouvelle.

## 51

Ce matin, alors que je m'apprêtais encore à sortir, Sauniq a dit : « Ma fille ne craint plus grand-chose – c'est bien. » Mais le ton de sa voix était ironique[1]. J'ai fait comme si je n'avais rien remarqué, et j'ai fini d'enfiler mes bottes. Hila voulait venir avec moi, je l'ai repoussée pour m'engager seule dans le tunnel qui mène à l'extérieur.

Dehors, Pilarngaq semblait s'être définitivement calmée. Le jour n'était pas encore levé mais la lune était pleine et haute dans le ciel, l'horizon parfaitement net. Sans réfléchir, je me suis dirigée vers la falaise. J'ai marché longtemps. Le sang bouillonnait dans mes veines, j'entendais la mer dans mes tempes – je cherchais l'homme au capuchon. Ne le voyant pas venir, je me suis mise à courir.

---

**1.** Moqueur.

Je l'ai trouvé en arrivant au pied du glacier. Il avait repris sa forme lumineuse – ample vague verte irisant[1] le ciel. J'ai cherché l'escalier de pierres noirâtres et je l'ai gravi avec les pieds, avec les mains, à la vitesse d'un renard qui détale. Soudain, j'ai senti ses bras sous les miens. L'homme au capuchon m'emmenait dans les airs. Les étoiles tournoyaient autour de moi. Mes membres étaient écartelés dans les quatre directions, mon ventre était agité du même fracas que la banquise en débâcle. Dans ma tête résonnait un tonnerre de bois de caribou, mes yeux étaient aveuglés par un plein soleil de minuit. J'ai même vu un instant le volcan qui a craché autrefois les humains-chiens dans la mer – et puis plus rien.

Je me réveille à demi nue sur ma vieille peau d'ours, au milieu des ruines de mon abri. C'est la deuxième fois que l'homme au capuchon m'emmène sur son aube verte. À la troisième, c'est certain, je mourrai. Je rentre blessée au camp tout doucement – un pas après l'autre.

À mon arrivée, tout le monde fait semblant de ne rien remarquer, personne ne me pose de question. Si j'avais été attaquée par un ours ou un loup, les gens viendraient à mon secours. Là, ils se doutent que je fraie avec un esprit et préfèrent se tenir à distance.

Seule Sauniq, le matin suivant, me voyant enfiler mes bottes avec peine, dit, en fixant la lampe : « Il existe chez nous des hommes vaillants, dont les bras sont assez forts pour porter leur amante et le cœur assez doux pour ne pas les démanteler... » L'ironie de la veille a fait place à la douceur, au conseil avisé d'une vieille mère.

---

**1.** Provoquant une brillance.

## 52

Deux lunes passent sans que j'aie la moindre envie de retourner vers la falaise. L'homme au capuchon n'est plus présent que dans mes rêves. Il agite la petite bulle d'air dans laquelle mon âme voyage, sans plus toucher mon corps physique. Il est une vague nocturne immense qui me porte d'un bout à l'autre de la banquise. Régulièrement, il m'emmène voir des peuples lointains. Là-bas, des dizaines de dômes illuminent la nuit, telle une constellation posée sur un bras de glace. C'est beau.

Je me suis habituée à ce rêve, je l'attends chaque fois que je me couche. Une nuit pourtant, au milieu de notre vol, la vague verte s'affaisse, s'affaiblit, et me dépose sur le bras de glace. Autour de moi, les dômes s'évanouissent un à un. Je n'ai plus à mes côtés qu'un petit renard blanc, qui ne tarde pas à s'enfouir dans la neige, me laissant seule dans le noir.

Après cette nuit-là, l'homme au capuchon ne reparaît pas – ni en aube, ni en rêve. Les jours passent, j'ai l'âme et le corps tristes. Sauniq, qui me connaît désormais mieux que ma première mère, me demande pourquoi. Je lui confie mon rêve, ainsi que la façon dont il a pris fin.

Dans un premier temps, elle ne dit rien, me demandant simplement de guetter d'éventuels changements. Je me souviens que je n'ai pas perdu de sang depuis longtemps. J'en parle à Sauniq, qui me dit : « Cela arrive parfois aux femmes, quand le soleil baisse à l'horizon. » Mais une demi-lune plus tard, je me mets à saigner abondamment. Sauniq veut voir la couleur et la consistance de ce sang. En l'observant attentivement, elle en conclut qu'un souffle de vie est passé par là.

Nous attendons d'être seules avec Hila, à un moment où les hommes sont à la chasse et les autres femmes sur le rivage. Sans rien demander à personne, nous commençons à vider la maison de tout ce qui s'y trouve.

Nos affaires, mais aussi celles de tous ceux qui habitent là : les séchoirs, les lampes, les coffres à outils, les jouets, les plats et les bassines. Nous sortons aussi les peaux, les vêtements, les cuves à eau et à urine. Il ne reste plus rien – à part nous.

Sauniq me fait asseoir les jambes étendues, au bas de la plate-forme. Elle récite une formule à propos des rivières qui continuent de courir sous la terre en hiver et conclut ainsi : « Il faut toujours laisser s'écouler ce qui veut sortir. »

Lorsque les autres reviennent, ils restent dehors avec leurs affaires quelques heures de plus. Ils ont compris que mon âme avait voyagé et failli ne pas revenir. Puis Sauniq les autorise à rentrer, avec leurs outils, leurs coffres, leurs lampes et leurs bassines. Nous mangeons ensemble du phoque cru. Personne ne parle, dehors les chiens hurlent ; on est au cœur de la nuit d'hiver. Avant que les plus fatigués ne s'endorment, Sauniq dit : « Uqsuralik a fait un rêve où le ciel rejoint la mer. Nous allons bientôt recevoir de la visite. »

***Chant du renard arctique***

*Je suis un flocon de neige*
*Qui est tombé du ciel*
*Jusqu'à une banquise inconnue*
*Je suis un souffle au creux de la nuit polaire*
*Je suis un renard blanc qui a fondu*

*J'ai vécu moins de deux lunes*
*Au milieu d'un peuple de lanternes*
*J'ai vu des hommes qui vivent sous la glace*
*D'une mer antique, à jamais disparue*

*Je suis le garçon que cherchait la femme de pierre*
*Je suis l'enfant de l'ourse et de l'homme-lumière*
*Mon père fait peur aux humains qui ne le connaissent pas*
*Aucun de leurs défunts n'a voulu*
*Me donner un nom qui soit le sien*

*Je reviendrai sous une autre forme, à un autre moment*
*Je suis une étincelle qui n'a vécu qu'un instant –*
*Sous le ventre lisse et poreux*[1] *de ma mère*

## 53

Cette fois, le solstice est passé. Dans une lune à peine, le soleil refera son apparition, nous entrerons dans l'hiver lumineux. Sans doute parce que Sauniq a veillé à ce que les tabous soient parfaitement respectés, nous avons de la viande et de la graisse en abondance. Nous savons que des visiteurs vont arriver, c'est le moment de préparer les festivités.

Le mari de la fille aînée de Sauniq a un frère dont le campement se trouve cette année à une petite journée de traîneau d'ici. Mon oncle pense que c'est lui qui sera notre hôte. Sauniq et moi savons que d'autres visiteurs viendront de plus loin – et qu'il s'agit de gens que nous ne connaissons pas.

En attendant que ces personnes arrivent, les hommes construisent une nouvelle hutte, plus grande, plus haute. Les femmes préparent beaucoup de gibier, de sorte que pendant longtemps tout le monde pourra manger ce qu'il souhaite, au moment où il le veut.

---

**1.** Perméable, ouvert.

Le soir, sur les plates-formes, quand les enfants dorment, les adultes continuent de s'affairer[1], plus ou moins en secret les uns des autres. Les femmes cousent de beaux vêtements souples, ornés de perles et de bandes de fourrure contrastées, les hommes confectionnent des objets qui serviront aux jeux et aux mimes. Les fêtes n'ont pas encore commencé, mais une sorte de joie sourde vibre déjà entre les murs de terre de notre maison.

## 54

Vient le jour où nous entendons enfin des chiens au loin. Les hommes sortent et accueillent les arrivants. Sauniq sourit en reconnaissant le frère de son gendre. Elle l'a connu tout petit, il y a fort longtemps. « Quppersimaan, tu n'as pas changé ! rit-elle en serrant dans ses bras cet homme d'un âge déjà avancé. Qu'as-tu fait de mon arc en corne de bœuf musqué ?

– Je l'ai encore, petite femme », répond-il, visiblement aussi ému qu'elle.

Pukajaak m'explique que cet homme, à peine plus jeune que son beau-frère, est né juste après la mort du premier mari de Sauniq et qu'il porte son nom. Cela fait si longtemps qu'ils ne se sont pas vus ! Sauniq ne pensait sans doute pas le revoir un jour.

Du fait de cette arrivée, toutes les places sont chamboulées dans la maison. Sauniq veut dormir près de son jeune mari et des siens – l'homme a une épouse, un grand fils, une belle-fille et deux petits-enfants. Nous

1. S'activer, s'occuper de plusieurs choses.

les prenons tous dans notre compartiment, les enfants bien calés au fond, et nous autres, jeunes adultes, relégués[1] au pied de la plate-forme, voire carrément dessous. L'ambiance est extrêmement joyeuse.

## 55

La maison de fête est maintenant finie, nous nous y réunissons ce soir pour un premier festin. Les hommes ont chassé plusieurs phoques annelés dans l'après-midi et les ont traînés au pied de la grande plate-forme où nous nous tenons. Chacun dépèce le morceau qui lui revient. Couteau en main, nous coupons la viande au ras de notre nez. Il y a des claquements de langue, des rires et des bruits de succion. La plupart d'entre nous avons la figure barbouillée de sang, surtout les enfants à qui l'on a donné en priorité les yeux et les foies. Hila porte la belle petite veste blanche que lui a cousue Pukajaak. Sauniq a rajouté sous son épaule la petite aile de corbeau qui la distingue des autres enfants – ma fille passe de bras en bras comme un morceau choisi, et reçoit de bonnes petites bouchées déjà mâchées.

Tout le monde a bien mangé, les hommes écartent les restes de viande sur les côtés et tendent des lanières de cuir au plafond. Les uns après les autres, ils se livrent à des jeux de force et d'acrobatie. Le fils du jeune mari de Sauniq fait des choses remarquables. Il est fin, et souple comme un alevin. Certaines de ses figures sont saluées par des cris de joie. Son épouse rit aussi, en tenant bien fort contre elle leurs deux enfants. Dans un coin de la maison, d'autres ont sorti les ficelles, les bilboquets et s'affrontent en jeux d'adresse.

1. Mis à l'écart.

Le Vieux se tient parmi nous, avec sa famille. Son frère a participé au concours d'acrobaties et, pour la première fois de la saison, leurs deux femmes ont l'air détendues et réjouies. Au bout d'un moment, après avoir interrogé du regard le Vieux qui acquiesce dans un sourire figé, elles se lèvent et sortent de la maison communautaire. Elles reviennent chacune avec une outre molle. Elles les posent au milieu de nous et les éventrent : il en sort une pâte gluante au milieu de laquelle on distingue de petits os. Il s'agit de mergules enfermés là depuis l'automne dernier et qui ont pourri, fermenté avec leurs plumes et leurs entrailles. Tout le monde vient tour à tour y plonger la main. Certains poussent des *u! uu!* de satisfaction en sentant sur leur langue la saveur douceâtre de ce mélange croquant ; les autres rient.

Il n'y a guère que le Vieux qui reste à distance. Je l'observe et lui trouve un air étrange. Comme s'il était désormais l'ombre de lui-même. Ça ne me fait pas de peine, bien entendu, mais ça ne me réjouit pas non plus. Je me demande où il est, et ce qu'il prépare. Personne d'autre que moi ne semble faire attention aux deux brèches[1] noires qui remplacent ses yeux. Peut-être parce que je le fixe trop intensément, il finit par tourner son regard vide vers moi. Je me sens happée, mais un cri joyeux me tire de là.

Il s'agit de mon oncle qui annonce les danses et les mimes. Lui le premier enfile un masque et empoigne son tambour. Passant d'un pied sur l'autre, il chante le refrain incompréhensible d'un esprit venu de loin, qui a deux nez et une seule main. Tour à tour comique et inquiétant, il s'avance et s'éloigne de nous en titubant, plié sur ses genoux. Parfois, il tombe en poussant un cri, et se relève en grognant. Après lui, Pukajaak se met debout au centre et retire sa veste. Elle ne porte plus qu'un short

**1.** Petites entailles, fissures.

de fourrure. Poussant de petits cris, elle s'approche de nous en se dandinant[1] comme une perdrix des neiges qui a perdu ses petits.

La nuit avance. D'autres saynètes[2] se succèdent. Il est toujours question d'animaux, de chasse et d'esprits plus ou moins farceurs, plus ou moins effrayants. Les cris que nous poussons sont parfois de peur, souvent de joie.

Même si en cette saison la mort n'est jamais très loin, il est bon d'être ensemble et de rire au creux de la nuit. Nous savons qu'il a été des temps plus difficiles que ceux que nous vivons. Tandis qu'une femme dépose devant nous une nouvelle outre remplie de *mattak*, délicieuse peau de narval crue conservée dans l'huile, le mari de la fille aînée de Sauniq prend à son tour la parole.

## 56

« Aya, aya, tout ce qui nous arrive est bien, tout ce qui nous arrive a une fin, commence-t-il. Je suis né à Ittirdummiut, dans le fjord de Sarmuliak, et je porte le nom de mon grand-père, Qalliutuuq. Cet homme a laissé en moi un souvenir qui va, qui vient. Ce soir, son histoire flotte dans ma mémoire comme un phoque d'été bien gras. Je la partage avec vous.

« C'était il y a de très nombreux hivers, au moins trois ou quatre hommes complets. Mon grand-père vivait avec sa famille au fond du fjord d'Ujarasujjuk. Sa mère était la deuxième épouse du vieux chamane

1. En se trémoussant, en balançant son corps d'un côté et de l'autre.
2. Petites comédies, scènes comiques.

Silaittuq. Ses grands frères étaient des hommes accomplis et ses sœurs avaient déjà de nombreux enfants.

« Cet hiver-là, les phoques avaient déserté le fjord, la faim s'était installée. Un matin, mon grand-père est allé jusqu'au pied du glacier pour traquer le gibier. Un troupeau de bœufs musqués se tenait là. Il a repéré le terrain, puis s'est avancé tout doucement. Avant que les bêtes n'aient le temps de se regrouper pour protéger les petits, il est parvenu à se positionner entre le troupeau et une jeune femelle. Isolée, celle-ci a chargé. Qalliutuuq s'est alors mis à courir vers une butte derrière laquelle une rivière avait creusé un ravin. En haut de la butte, il est grimpé sur une pierre, mais la femelle a continué et s'est écrasée sur les pierres en contrebas, blessée à mort. Mon grand-père l'a achevée, puis il est allé chercher ses frères pour ramener la viande au camp. C'était la première grosse prise de Qalliutuuq.

« Mais avant même que mon grand-père ait le temps de se rassasier de sa propre chasse, son père, le vieux chamane, a décidé qu'il devait se rendre seul dans une caverne. La mère de Qalliutuuq n'était pas d'accord, mais Silaittuq ne voulait rien savoir. Il a conduit son fils jusqu'à un trou dans la montagne et l'a laissé là, en proie aux esprits qui vivent en de tels endroits.

« Mon grand-père redoutait son père plus que la faim et les esprits. Malgré les voix menaçantes qu'il entendait, il n'a pas osé sortir de la caverne pour rejoindre le camp. Il a vécu là plus de quatre lunes, en mangeant seulement les quelques lapins et renards venus trouver refuge dans son antre.

« Puis une nuit, les voix sont devenues vraiment trop effrayantes. Elles étaient comme un banc de cadavres suspendus hurlant dans le vent. Qalliutuuq s'est dit : “Je préfère encore affronter la colère de mon père plutôt que d'entendre ces voix.” Et il a quitté la caverne. Le printemps était là.

« En arrivant au camp, il l'a trouvé étrangement calme. Une odeur bizarre chatouillait ses narines. “Je ne suis plus habitué à la présence des hommes”, a-t-il d'abord pensé. Mais quand il s'est baissé pour entrer dans le tunnel de sa maison, il a compris ce qui s'était passé. Un corps gisait sur le ventre, la chair des fesses et des cuisses bien entamée, le reste en décomposition. À l'intérieur, il a trouvé d'autres corps morts. Des neveux, des nièces, sa mère, un frère et une sœur. Seul le vieux chamane vivait encore. “Où sont les autres ?” a demandé Qalliutuuq. Son père était si faible qu'il n'a pas pu répondre.

« Qalliutuuq est ressorti de la maison empuantie. Un jeune bœuf musqué se tenait là, tourné vers le glacier. Des traces de pas se dirigeaient vers la montagne. Il les a suivies, espérant retrouver des survivants de sa famille. Je ne vous dirai pas la suite, car là s'arrête mon souvenir de la grande faim. »

## 57

Ce n'est pas la première fois que j'entends des récits de grandes famines. Moi, je n'en ai connu que de petites, au cours desquelles les peaux de nos bottes, de nos kayaks et de nos *umiak* ont suffi. Je sais qu'autrefois certains ont préféré mourir plutôt que de manger leurs proches – mais on ne peut pas juger les autres. J'ai déjà mangé un de mes chiens et s'il avait fallu, j'aurais même mangé Ikasuk, qui m'a pourtant sauvé la vie. La seule chose que je ne pourrais pas, me semble-t-il, c'est sacrifier ma fille. Je préférerais la noyer plutôt que de l'offrir à manger à qui que ce soit.

Ces récits faits au milieu de l'hiver, alors que nous nous remplissons trop l'estomac, donnent de curieux rêves. Les anciens sont plus proches de ces temps-là que nous autres et quand je ferme les yeux, que le sommeil me prend, je les vois tous alignés, les yeux creux et la langue dehors. Sauniq a une peau translucide comme celle de nos grands bateaux. Je vois au travers d'elle des choses qui se sont passées il y a longtemps.

Cette nuit, par exemple, je vois ceci : Quppersimaan, son premier mari, habite l'intérieur de son ventre. Il chasse le phoque avec beaucoup d'habileté. Un jour, un fulmar[1] s'approche de son oreille pour lui dire de se méfier, et de ne plus jamais chasser qu'en rond – autrement, un morse viendra et l'entraînera au fond de l'eau. Quppersimaan n'écoute pas l'avertissement de l'oiseau et continue de chasser en ligne droite. Si bien qu'un jour, il ne voit pas l'homme sans visage qui est embusqué derrière lui. Cet homme lui envoie son harpon dans les côtes. Le jeune mari de Sauniq se renverse dans l'eau. Avec sa pagaie, l'autre appuie sur la coque pour l'empêcher de se rétablir. Le sang de Quppersimaan s'échappe en tourbillons tandis qu'il se débat dans les flots, puis il cesse de bouger. L'homme sans visage entraîne alors son corps jusqu'au rivage, le sort de l'eau et le découpe en plusieurs morceaux qu'il disperse. Au-dessus de lui, le fulmar vole en rond tout en criant : « Ne l'avais-je pas dit ? Ne l'avais-je pas dit ? »

À mon réveil, tous ceux qui sont encore dans la maison communautaire se sont endormis. Seule Sauniq veille près de la lampe, remettant de petits morceaux de graisse de temps en temps. Je lui raconte mon rêve à voix basse. « C'est donc ainsi qu'il est mort ? » s'étonne-t-elle en levant les sourcils. Puis elle jette un regard sur le Vieux, renversé comme une vieille pierre contre sa femme assoupie, au fond de la maison. « Mon Quppersimaan était un de ses cousins. Je me souviens que ce jour-là, il

1. Oiseau de haute mer, proche de la mouette.

était parti peu de temps avant lui. À son retour, le Vieux a dit que mon mari avait eu un accident de chasse, qu'il l'avait vu se noyer au loin, entre deux morceaux de glace. Il a dit aussi qu'il avait cherché le corps, mais qu'il ne l'avait pas trouvé… »

Je pose moi aussi un œil sur le Vieux. Je trouve qu'il ressemble à une vieille souche vermoulue. Il n'y a rien à faire de ce bois-là. Pourquoi personne n'a jamais cherché à le jeter à la mer ?

## 58

C'est le huitième soir que nous nous réunissons dans la maison communautaire. Une nouvelle famille nous a rejoints. Il s'agit d'un vieux couple et quelques enfants. Ce sont eux qui, il y a quelques saisons, ont recueilli la sœur du Vieux et ses deux filles. Sauniq les connaît bien, autrefois elle a partagé plusieurs camps d'été avec eux. La vieille femme est une cousine, mais les jeunes des deux familles ne se sont jamais vus. Mon oncle propose de consacrer la veillée aux chants des uns et des autres, afin de faire connaissance.

La fille aînée de Sauniq se lance la première :

*Je suis partie longtemps*
*Longtemps je suis partie*
*Loin de ma mère*
*Pour habiter avec mon mari*

*Mon mari a perdu son père*
*Mon mari a perdu sa mère*

*Mais il a eu avec moi*
*Deux enfants*
*Un garçon et une fille*

*Nous revenons à Itanarjuit*
*Pour revoir ma mère*
*Qui est vieille*

*Qui est vieille, mais qui a toujours*
*De nombreux et jeunes enfants !*
*Qu'est-ce donc que tous ces enfants ?*
*Dois-je me réjouir ou pleurer ?*
*Ma mère est vieille et a autour d'elle*
*Plus d'enfants que je n'en aurai jamais*
*J'étais déjà vieille et ridée*
*Me voici jalouse !*

Sauniq rit en entendant sa fille s'exprimer ainsi. Comme je suis la plus jeune de ses enfants, elle m'attrape par la veste et m'oppose à son aînée qui mime la colère. Pour apaiser la situation, une femme qui a deux bébés au sein propose de céder le plus replet[1] à celle qui a le ventre déjà gelé. La fille de Sauniq s'en saisit comme un ogre et lui dévore le bas du ventre. L'enfant a des hoquets de rires – nous rions avec lui.

Après ça, vient le tour du frère de Pukajaak. Il se lève et chante ainsi :

*J'ai connu de bons et de mauvais hivers*
*Certains où les phoques venaient à moi*
*Certains où les phoques se dérobaient*

1. Bien en chair, dodu.

*J'ai connu de beaux étés*
*Battus par les sabots des caribous*
*J'ai connu de beaux étés*
*Éclaboussés par les bancs de truites rouges*

*Je n'ai pas eu faim souvent dans ma vie*
*Et j'ai partagé beaucoup de repas offerts par mes proches*
*Mais mon rêve, mon rêve toujours à moi*
*C'est de chasser tout seul un béluga*[1]
*Remplir à moi seul toutes les bassines de viande*
*Et fournir à mes enfants, à mes parents*
*Toute une étendue de gentil mattak*

Ce chant est acclamé par la maisonnée. D'autres se succèdent – jusqu'à ce que le frère du Vieux se lève et dise d'un air à la fois nerveux et enjoué: « À mon tour maintenant, de chanter une petite chanson. Tout le monde peut l'entendre, mais elle est pour mon frère, cette petite chanson douce et cruelle, cette petite chanson que je lui prépare depuis longtemps. »

Tout le monde comprend que derrière ces phrases tendres s'annonce un duel que l'on n'attendait pas. Le Vieux, lui, n'a pas l'air surpris. À vrai dire, il a toujours le même air absent. Comme la tradition l'impose, il se lève pour faire face à son frère, mais il n'est pas vraiment là. Un sourire étrange flotte sur son visage, comme une brume informe au-dessus d'une crevasse.

---

**1.** Mammifère marin des mers arctiques, proche du dauphin.

**Chant du frère du Vieux**

*Nous habitions au nord d'Italussaq, toi et moi*
*Nous étions fils des mêmes parents*
*Tu étais l'aîné et moi le jeune*
*Tu chassais déjà avec les hommes*
*Quand j'avais encore un sein dans la bouche*
*Un faux arc à la main*

*Un hiver notre mère est morte*
*La nuit sans rien dire*
*On l'a trouvée inerte au matin*
*Le nez dans la lampe*
*Les mains dans la graisse*
*Personne n'a rien pu faire pour elle*

*L'été suivant, notre père a pris une autre femme*
*Une gentille petite femme*
*Plus âgée que toi mais à peine*
*Qui m'aimait comme un frère*
*Et qui se méfiait de toi*
*Parce que tu étais grand*

*Pour la dégoûter et me faire du tort*
*Tu as clamé que j'avais tué notre mère*
*Avec mon petit arc en os*
*D'une flèche dans les côtes*
*Tandis qu'elle me nourrissait*

*Tu as menti, grand frère, tu as menti*
*Et depuis tu ne t'es jamais arrêté*

## De pierre et d'os

*Notre belle-mère ne t'a pas cru*
*Mais notre père, si*
*Il était malheureux*
*Plus malheureux qu'il ne pouvait le dire*
*Alors un jour il est parti*
*Vers l'intérieur, vers les esprits*
*Qui l'ont gardé dans leur abri*
*Au cœur de la montagne*

*Notre belle-mère est partie elle aussi*
*Avec un autre chasseur*
*Et toi tu m'as gardé*
*Tu as gardé aussi notre sœur*
*Comme un père, comme une mère*
*Comme un ancien isolé*
*Qui nous aurait adoptés*
*Et c'est ainsi que les gens ont commencé à t'appeler*
*Le Vieux*

*Je chante pour te remercier, grand frère*
*Je chante aussi pour dire que tu as menti*
*Que tu as menti quand j'étais petit*
*Et que depuis tu ne t'es pas arrêté*

*Mon chant maintenant n'est pas fini*
*Il y a si longtemps que je le mûris*
*Sans jamais rien en dire*
*Mais ce soir enfin je me lance*
*Et je ne m'arrête pas*

*Nous habitions au nord d'Italussaq, toi et moi*
*Nous étions neveux, cousins des mêmes parents*
*Toi l'aîné et moi le jeune, avec notre sœur,*
*Toi qui chassais pour nous nourrir*
*Sans toujours y parvenir*

*Un cousin nous donnait souvent de la viande*
*D'un phoque que tu avais vu et raté*
*Et qu'après toi il avait tiré*
*Et qu'avec toi ensuite il partageait volontiers*

*Mais tu étais fier, fier et menteur*
*Ce cousin t'humiliait*
*Toi qui étais si mauvais chasseur*
*Alors ce cousin tu l'as tué*
*D'un coup de harpon*
*D'un coup de pagaie*

*Et toujours depuis tu hais les bons chasseurs*
*Et toujours depuis tu hais*
*Ceux qui nourrissent ta famille*
*Le gibier n'aime pas ça et te fuit*
*Le gibier de terre et le gibier de mer*
*Il n'y a que tes chiens qui t'aiment*
*Parce que eux aussi*
*Ils sont capables de se manger entre eux*

*Tes seuls amis sont les mauvais esprits*
*À qui tu insuffles*[1] *la vie*

---

**1.** Transmets.

*Pour tuer ceux que tu leur dis*
*Mais même à ça tu peux être mauvais*
*Et souvent un tupilak s'est retourné contre toi*
*À coups de queue, à coups de griffes*

*Mon chant maintenant va bientôt se finir*
*Pour avouer que je ne suis pas un bon chasseur non plus*
*Et que cela peut-être m'a sauvé la vie*
*Et je vais dire enfin le secret qui me ronge*
*Tu as tué le mari de notre sœur qui chassait mieux que nous*
*Tu as tué ton fils qui s'apprêtait à devenir un grand chasseur*
*Tu portes sur nous le malheur*
*Tu es à toi seul un grand malheur*
*Et je te maudis*

## 59

Le Vieux avait écouté tout le chant avec le même sourire figé. Un silence pesant régnait dans la maison communautaire. La plupart d'entre nous ne connaissaient rien de toutes les vérités cruelles qui venaient d'être énoncées. Pourtant, le Vieux ne réagissait pas. Si ce n'est qu'il avait l'œil légèrement plus brillant qu'avant le chant de son frère, il paraissait mort et pétrifié. Au bout d'un moment qui nous a paru trois aubes entières, il a quand même fini par se lever. Plié sur ses genoux usés, sans tambour, il a entonné d'une voix basse et mal ajustée :

*Aya aya ! je suis un vieux chasseur fatigué*
*Dans ma jeunesse, le phoque m'a fui souvent*

*Pour se donner à mes compagnons arrogants*

*Je suis un mauvais chasseur*
*Je manque souvent de chance*
*Tu dis que le gibier ne m'aime pas – c'est vrai*

*Pourtant, tu es mon frère*
*Je t'ai nourri souvent*
*Et voilà qu'aujourd'hui tu mens*

*Je n'ai pas tué notre beau-frère*
*Je n'ai pas tué notre cousin*
*Et si j'ai maudit mon fils*
*C'est qu'il frayait avec la fille*
*D'un homme qui m'a humilié souvent*

*L'angakok*[1] *m'avait dit :*
*Cet homme a parlé au phoque contre toi*
*Tu dois parler à la mer contre lui*

*Mais jamais Sedna ne l'avait puni*
*Sur sa femme, sur sa fille, sur ses chiens*
*Je m'étais juré de me venger*
*Je n'avais pas pensé à son mari*
*Voilà qui est fait*
*Il s'agissait de mon fils, c'est vrai*
*Tant pis*

1. Prêtre inuit.

## 60

Après ce chant pauvre et terrible, la maison communautaire est à nouveau plongée dans le silence. Personne n'ose bouger ni se regarder. Seule Hila s'est levée. Debout sur ses petites jambes, elle marche jusqu'au Vieux. Je tremble de la voir ainsi s'avancer. En arrivant devant lui, elle essuie son nez plein de morve, et tend ses mains vers les cheveux rares et gris qui s'échappent de son bandeau. Elle tire une mèche, la tête du Vieux bascule vers elle, sa bouche s'ouvre, découvrant plus de trous que de dents. Sa langue claque comme un bec – trois fois. Le silence est insoutenable.

Heureusement, quelqu'un a l'idée de réclamer aux femmes un chant de gorge pour dégeler la nuit. Pukajaak et sa sœur aînée se lèvent, se mettent face à face. Hila les a vues, et revient vers moi. Je la serre dans mes bras. Le souffle des deux chanteuses commence à vibrer, leurs haleines mêlées s'affrontent en un duel vivant et pacifique – l'atmosphère se réchauffe petit à petit.

## 61

Au matin, le Vieux a disparu. Sa femme s'en aperçoit la première et donne l'alerte. Son frère suit des traces de pas dans la neige. Elles vont jusqu'à un trou sombre dans la glace de l'estran. Il sonde la brèche avec un bâton, mais ne trouve rien que de l'eau en train de geler, des petits glaçons en train de s'agréger. Il s'apprête à chercher plus loin quand il aperçoit quelque chose au sol. Il s'approche : il s'agit d'un sachet de cuir attaché à un lacet, contenant plusieurs amulettes. Quelques pas plus loin, une ceinture. C'est celle de son frère. Il n'y touche pas et remonte vers sa maison. Le Vieux s'est jeté à la mer par le trou dans la glace – tout est bien comme ça.

## QUATRIÈME PARTIE

### *NAJA*

### 62

C'est le septième été de Hila. Sauniq lui a appris à coudre et à s'occuper de la lampe. Je l'emmène aussi parfois à la chasse. Comme les garçons du campement, elle a un arc et de petites flèches, dont elle se sert sur des proies d'os et de pierre. Il arrive que des enfants se moquent d'elle parce qu'elle n'a pas de père, mais elle s'en fiche. Elle est joyeuse et dégourdie.

J'aurais pu me remarier l'hiver où le Vieux s'est jeté sous la glace. Son neveu, le cousin de Tulukaraq, était prêt à me prendre avec lui. Mais je ne voulais pas vivre dans cette famille, avec le souvenir du Vieux et des gens qu'il a tués. Un autre jeune homme d'une autre famille était prêt, lui aussi, à m'emmener, mais je n'ai pas eu le cœur de séparer Hila et Sauniq.

Depuis, même si nous avons parfois quelques difficultés à nous nourrir, je n'ai jamais regretté d'être restée. Pukajaak et mon oncle ont eu un autre enfant, mais leur fils aîné chasse maintenant avec son père, et ils ont souvent de la viande à nous donner. Cette famille est désormais la mienne – il est très rare que je pense encore à mon père, ma mère, ma sœur et mon frère. Et lorsque c'est le cas, je les imagine vivant paisiblement ensemble, au pays où l'on n'a jamais faim.

Celui auquel je pense souvent, en revanche, c'est l'homme-lumière. Je ne l'ai jamais revu, mais le renard blanc qu'il m'a donné sur un bras de glace, au milieu de dômes brillants, m'apparaît parfois quand je vais à la chasse. Il me regarde quelques secondes, puis il s'en va. Je ne lui tire jamais dessus, j'espère qu'un jour il s'approchera. Quand il est venu en rêve la première fois et qu'il s'est enfoui dans la neige, Sauniq avait prévu que nous recevrions la visite de quelqu'un que nous ne connaissions pas. Tous ceux qui nous ont rejoints cet hiver-là étaient des parents plus ou moins proches. Je continue d'attendre l'étranger qui viendra.

## 63

L'hiver est jeune, il ne fait pas encore très froid. Mais depuis quelque temps, Hila rechigne[1] à sortir de la maison. Elle dit qu'elle est fatiguée, qu'elle n'a pas envie de jouer avec les autres enfants. Je trouve cela étrange. Il y a de la joie dans ses yeux, mais son corps est mou. Sauniq reste avec elle et lui chante des chansons.

Les jours passent, cet état se prolonge. Son front n'est pas chaud, elle n'a de douleur nulle part, mais ses muscles sont sans tonus. Elle sourit aux plaisanteries que nous lui faisons, mais le rire l'a quittée – comme si son ventre n'était plus capable de soulever ses côtes.

Au début, Sauniq me disait de ne pas m'inquiéter. Mais je vois qu'elle aussi, à présent, semble préoccupée. Un soir qu'elle marmonne quelque chose assise sur la plate-forme, à côté de Hila, je comprends qu'elle est en train de tâter en pensée toutes ses articulations. Elle cherche à savoir laquelle de ses âmes a fichu le camp. En tendant l'oreille, je l'entends prononcer ceci :

*Tornartit, mon allié*
*Dis-moi où l'os a cassé*

1. Montre de la mauvaise volonté.

*Où l'articulation a maigri*
*Où la griffe s'est plantée*

*Tornartit, mon allié*
*L'outre est percée*
*La graisse est en train de s'échapper*
*Considère ce jeune sac*
*Et aide-moi à le boucher*

Elle répète la formule plusieurs fois, et retient sa respiration pour écouter plus attentivement la réponse qui lui est donnée. J'écoute aussi, mais Sauniq finit par soupirer : « L'esprit me tourne le dos, il raconte n'importe quoi… Petite mère, demain, j'essaierai de te soulever la tête. »

Le lendemain, Sauniq s'assoit à nouveau près de Hila. Elle défait son chignon, secoue ses maigres cheveux et passe une courroie de cuir autour de son front. Elle glisse ensuite un bâton sous la nuque de Hila, qu'elle crochète des deux côtés avec la courroie. La tête de ma fille est ainsi suspendue à la sienne.

Pendant un long moment, Sauniq tente de la soulever sans y parvenir. C'est une façon d'interroger la maladie. Plus la tête est lourde, plus c'est grave. Sauniq essaie plusieurs techniques et parvient enfin à faire rouler son crâne et à le décoller de la couverture. Le reposant ensuite doucement et défaisant la courroie, elle dit : « Je ne peux rien faire pour toi, petite mère. Le Corbeau ne veut pas me dire si c'est ton *tarniq* qui est parti ou seulement une petite âme quelque part. Lui seul saura faire revenir le souffle qui te fait défaut… » Dans les jours qui suivent, l'état de Hila ne s'améliore pas. Elle a la consistance de la glace qui fond au printemps.

## 64

Mon oncle et moi sommes partis chasser au-delà de la Petite-Baie-qui-se-resserre-à-l'est-comme-un-boyau. Les glaces accumulées au fond forment comme une grande bouche avec des dents, qui ramasse les phoques au même endroit. Ils sont ainsi plus faciles à attraper. Nous en avons tué plusieurs, que nous avons déposés sur la banquise. Il ne sera pas possible de les ramener au campement en une fois. Mon oncle part pour en remorquer deux jusque chez nous, tandis que je traîne les autres un à un sur la terre ferme, où je devrai trouver une cache à viande. Je dormirai seule ici cette nuit.

Tandis que je construis un petit igloo sur la banquise, un renard blanc s'approche des phoques que j'ai laissés près d'un rocher. Je m'apprête à courir vers lui pour le chasser de là, mais il tourne la tête et m'arrête de ses petits yeux noirs. Nous restons un long moment comme ça, face à face. Je reconnais mon renard blanc, celui qui est capable de s'enfouir sous la neige en un instant. D'ailleurs, c'est ainsi qu'il disparaît brusquement. Je fais demi-tour et je rentre dans mon igloo, heureuse de l'avoir vu. Je n'ai pas de lampe, mais la nuit est claire, je devine la lueur de la lune entre les blocs de neige. Seule la chaleur des autres humains me manque, je remonte ma capuche sur ma tête pour dormir.

Soudain, au milieu de la nuit, un bruit vient chatouiller l'intérieur de mes oreilles. Il me semble que des griffes grattent les parois de mon igloo comme s'il s'agissait de ma boîte crânienne. J'ouvre les yeux en levant les bras au-dessus de ma tête, et sors précipitamment. Je suis certaine de surprendre le renard blanc en train de déguerpir, mais une fois dehors, j'ai beau chercher, aucune trace de lui, ni d'aucun autre animal.

Malgré le froid qui me mord les joues, je reste à contempler le ciel. La voûte céleste est parsemée de voiles brumeux entre lesquels brillent quelques étoiles. En la parcourant lentement du regard, je finis par apercevoir une étrange lumière au loin, posée sur la ligne d'horizon. Comme si une étoile plus faible, plus pâle que les autres était tombée sur la banquise. Je marche vers elle d'un pas rapide, craignant qu'elle ne s'éteigne avant que j'arrive. En approchant, je m'aperçois qu'il s'agit en fait d'un igloo à peine plus haut que le mien. Une lampe brille à l'intérieur, et six chiens dorment près d'un traîneau.

Accroupie près de l'entrée, j'appelle pour m'annoncer : « Aï ! Qui habite là, sur la glace, au point du ciel ? » Un homme fait tomber la porte de neige en répondant : « C'est moi, et quiconque peuple la banquise par une telle nuit est le bienvenu dans ma maison. » J'entre et j'ôte ma capuche. L'homme est seul et m'offre à manger. Le bon goût de la viande cuite et la chaleur qui règne dans son igloo m'amollissent. Après quelques bouchées à peine, je m'endors, assise sur la petite plate-forme.

Lorsque je me réveille au matin, je suis seule dans l'igloo. La lampe et les peaux ont été sorties, je m'extrais à mon tour. Dehors, un jour blanc et brumeux s'est levé, je ne vois plus mon abri au loin. L'homme a fini de charger son traîneau, les chiens sont déjà attelés. Il me regarde et dit : « C'est par là, chez toi ; je te dépose en passant. » Sans discuter, je monte à l'avant. Au signal de l'homme, les chiens s'élancent.

## 65

J'ignore ce qu'il s'est passé ce matin-là. Comment le jour blanc a pu nous égarer à ce point. Nous avons filé tout droit vers la terre, sans jamais tomber ni sur l'igloo, ni sur les phoques. Le traîneau de l'homme allait très vite. J'ai senti sous mes fesses la banquise plate, puis les hummocks ; j'ai senti le moment où nous avons rejoint la terre ferme, dépassé la grève et survolé la toundra. La neige semblait nous porter comme un courant d'air. Nous avons atteint le pied du glacier qui se déverse dans le fjord, puis nous avons atteint la montagne. L'homme guidait ses chiens entre les monticules, les crevasses. La pente glissait sous leurs pattes comme un saumon bien gras dans la gueule d'un ours. Des larmes de froid coulaient sur mes joues et la lumière s'intensifiait à mesure que nous montions. D'où nous étions, le rivage apparaissait parfaitement blanc. Il étincelait même, plus lumineux que la banquise encore grise par endroits. Au loin, la mer était sombre. Je ne me souvenais pas d'avoir déjà vu l'eau libre en cette saison. Sans doute parce que je ne suis jamais montée si haut dans la montagne en hiver.

Quand la pente est devenue trop raide, l'homme et moi sommes descendus du traîneau pour courir à côté des chiens. Mais un mur bordé de deux surplombs[1] a fini par nous arrêter. L'homme a alors crié un ordre, les chiens se sont mis sur le flanc. Nous avons détaché les paquets du traîneau pour les lier à notre taille et directement aux traits des chiens. L'homme s'est passé une courroie supplémentaire autour de la poitrine pour prendre le traîneau en bandoulière. J'ai pu constater à quel point la structure en était légère. Je n'avais jamais vu un traîneau de ce style. S'il ne m'avait pas fallu tout mon souffle pour monter un à un mes pieds et mes mains contre le mur de neige, je lui aurais demandé d'où il venait, avec un traîneau pareil.

L'homme a eu tôt fait de nous distancer, les chiens et moi. Il ouvrait la voie, creusait de petites marches. Je me demandais ce que nous faisions là. La glace me brûlait les doigts même à travers mes moufles. Ailleurs sur le corps, j'avais chaud, j'étais mouillée. Il n'aurait sans doute pas fallu s'arrêter dans cet état. Il n'en était de toute façon pas question : l'homme

1. Hauteurs, saillies.

continuait d'avancer, malgré mes éructations[1], malgré le halètement des chiens. Il fallait continuer, pour ne pas geler sur place.

Enfin, nous avons atteint la crête. J'étais sans souffle et un goût de sang envahissait ma bouche. À nos pieds, trois fjords se dessinaient nettement et on en devinait deux autres au loin. Je n'avais jamais embrassé une telle portion de territoire. En réinstallant les fardeaux sur le traîneau, l'homme m'a montré le campement de mon groupe en contrebas. « Et toi, d'où viens-tu ? » ai-je demandé. D'un geste du bras, il m'a montré l'autre côté de la montagne, celui d'où l'on venait, mais beaucoup plus loin.

Une fois les chiens harnachés, nous avons entamé la descente. J'étais enveloppée dans une peau d'ours, afin de ne pas me figer dans le vent. L'homme était debout derrière moi et guidait les chiens à la voix. Nous allions si vite que le souffle, encore, me manquait. J'avais peur. Un moment, un des patins a heurté un bloc de glace saillant. Le traîneau s'est renversé mais je n'en suis pas tombée : l'homme me retenait avec son fouet. Nous nous sommes rétablis en un instant. Je n'avais jamais vu un traîneau aussi court, aussi rapide et aussi souple.

Lorsque nous avons atteint le pied de la montagne, une brume épaisse était en train de tout envahir. Elle arrivait du fond de la banquise – comme si la mer avait décidé de noyer la plaine. Nous nous sommes retrouvés dedans juste avant d'atteindre le camp. J'ai demandé à l'homme d'arrêter le traîneau devant notre maison d'hiver.

**1.** Expulsions de l'air par la bouche.

## 66

Quand je suis entrée, personne ne m'attendait. Mon oncle avait ramené deux phoques la veille et venait juste de repartir me chercher. Avant que quelqu'un ait le temps de s'étonner de mon retour, l'homme est entré, son fouet encore à la main. Sans poser de question, Sauniq a offert à notre hôte un morceau de viande fraîchement coupé.

Couchée au fond de la maison, Hila était heureuse de me revoir. Elle me regardait avec de grands yeux brillants. En m'approchant d'elle, j'ai senti la fièvre sur son front. Tandis que l'homme mangeait, j'ai demandé des nouvelles à Sauniq. Hila était comme ça depuis que j'étais partie. Toujours molle, toujours immobile – sauf à un moment de la nuit précédente. Tandis que tout le monde dormait, elle s'était soudain mise à gratter la couverture comme un animal qui a peur. Cela avait duré plusieurs minutes, durant lesquelles il avait été impossible de lui parler ou de capter son regard affolé. Je n'ai rien dit, mais j'ai compris que c'est elle, et non le renard blanc, que j'avais entendue dans mon petit igloo sur la banquise.

L'homme écoutait attentivement. Ma vieille mère savait parfaitement ce qu'elle faisait en décrivant avec précision l'état de Hila : sa langueur, ses yeux en lumière d'étoile, brillante mais froide, jusqu'à l'échauffement récent et les convulsions. En énumérant ces phénomènes, elle ne regardait pas l'homme dans les yeux, mais elle scrutait son anorak entrouvert. À son cou pendait un collier d'amulettes – ses pouvoirs de chamane ne faisaient aucun doute.

La première nuit, l'homme a tenu à dormir dehors avec ses chiens. Nous lui avons proposé l'abri de notre *umiak*, mais il a préféré construire un petit igloo sur la glace, en contrebas. Sortant de notre maison de pierres et de tourbe à la nuit tombée, j'ai vu qu'il avait allumé sa lampe :

le dôme dégageait au loin une lumière douce de demi-lune ensommeillée, comme la veille, sur la banquise où je l'avais trouvé. Sa présence me redonnait courage. Comme si un grand frère était descendu du ciel pour soigner ma fille.

## 67

Le lendemain matin, l'homme est resté pêcher près de son igloo. Je suis allée le voir, il m'a dit qu'il attendait le retour de mon oncle. Nous avons estimé ensemble qu'il lui faudrait encore au moins une journée pour revenir en kayak par les eaux libres. Et une journée supplémentaire s'il s'acharnait à me chercher au fond du fjord où je n'étais plus.

En effet, mon oncle est arrivé le troisième jour. Pas tellement parce qu'il m'avait cherchée, mais plutôt parce qu'il avait dû se livrer au travail que je n'avais pas fait : découper la viande et la cacher. Il était ensuite revenu par la mer, harponnant un dernier phoque avant de quitter le fjord giboyeux[1]. La navigation du retour l'avait fatigué et en sortant de son trou d'homme, alors que j'étais venue à sa rencontre sur la glace, il a simplement dit : « Ma nièce est déjà revenue de son voyage vers l'intérieur ? » Sans doute avait-il vu des traces de traîneau à proximité de mon petit igloo ou de celui de l'homme.

Dès notre arrivée au camp, Pukajaak s'est saisie du phoque de mon oncle et l'a informé de la présence de l'étranger. « Tout est bien », a dit mon oncle et nous avons partagé un repas de graisse et de viande.

---

**1.** Riche en gibier.

L'homme a ensuite annoncé qu'il ferait le soir même un voyage pour tenter de sauver Hila. Il ne faisait aucun doute que son *tarniq*, son âme principale, s'était envolée – et que si elle ne revenait pas bien vite, son corps serait bientôt sans vie.

## 68

Nous avons attendu tous ensemble que la nuit tombe et lorsque la lune a disparu à l'horizon, nous avons en plus calfeutré les fenêtres en suspendant des peaux devant les vitres en intestins de phoque. Aucune lumière ne devait parvenir à l'intérieur tandis que l'homme ferait son voyage. À la lueur de la lampe, mon oncle lui a lié les jambes par-devant et les mains dans le dos. Le chamane n'avait plus que son tambour à portée de bouche. D'un mouvement de menton, il a fait signe qu'on éteigne la mèche et nous nous sommes retrouvés plongés dans une obscurité complète.

Au début, nous comprenions à peu près ce qu'il disait. Il chantait dans la vieille langue chamanique dont quelques mots nous sont encore compréhensibles. Mais bien vite, sa voix s'est transformée, des cris stridents sont sortis de sa gorge et un vacarme épouvantable s'est élevé entre les murs de la maison. C'était comme si un corbeau immense était en train de tout envoyer promener. J'avais peur, je serrais le corps chaud de Hila contre moi, les autres enfants pleuraient. Par moments, le raffut se calmait, l'homme changeait de voix. Il était en conversation avec ses esprits auxiliaires et les envoyait un à un à la recherche du *tarniq* de Hila.

La nuit a été longue. Les esprits n'obéissaient pas ou n'étaient pas capables d'aller aussi loin que l'homme le leur demandait. Il y a eu une longue accalmie, puis un chant guttural[1] s'est élevé dans la nuit, accompagné de bruits semblables à des os qui claquent les uns contre les autres.

***Chant du chamane***

*Ea, ea – angitaja, angitaja*
*Je ne t'orillonne pas*

*Tarpadit, tarpadit*
*Tu clabaudes hors de ta voix*
*Et me mets hors de moi*

*Angada, angada*
*Tu piailles, tu t'empagailles*
*Tu frostes et t'écervelles*
*Je te perds – et tu t'encorbelles*

*Ea, ea – pungua, pungua*
*Tu chiens de mer*
*En écharpaille –*
*Rends-moi sa jeune mâchoire*
*Et sa cage cicartique*

*Qoaciarcia, qoaciarcia*
*Entretends-moi*
*Et rentre dans l'iduwija*

**1.** Rauque, son grave et rocailleux qui sort de la gorge.

*Ou je devrais avouracher*
*Que mon tornatit*
*Est voleur*
*Que mon tornatit*
*Est menteur*

*Qoaciarcia, qoaciarcia*
*Entretends-moi*
*Et rentre dans l'iduwija*

*Aya ! Aya !*
*Ea – kriik kriik*

## 69

Le chant s'est arrêté, un silence épais s'est installé, seulement troublé de temps en temps par des grognements. Dans mes bras, Hila ne bougeait plus. Ses membres étaient lourds, sa poitrine se soulevait à peine. Je craignais que son corps ne soit bientôt plus qu'une carcasse abandonnée.

J'ai attendu dans le noir que le chamane revienne à lui. Les grognements se sont tus, quelqu'un a retiré la peau qui obstruait[1] la fenêtre la plus à l'est – et le jour est entré. Le chamane était allongé au même endroit, le regard dans le vague, échevelé. Quelqu'un est venu lui porter de l'eau dans une omoplate de caribou, puis nous sommes tous allés boire au même os, dans la cuve. La maison était moite des vapeurs de la nuit.

---

1. Bouchait.

Mon oncle est sorti le premier, laissant la porte ouverte derrière lui. L'air froid est entré comme un nouveau souffle de vie. J'aurais aimé qu'il pénètre aussi les poumons de Hila, mais un sifflement pareil à celui de la toute jeune glace sortait de ses narines. On aurait dit qu'elle allait se briser au moindre mouvement. Je l'ai laissée sur sa couverture, près de Sauniq qui ronflait, et je suis sortie à la suite de mon oncle.

Dehors, le jour était blême. Un vent léger balayait la neige, qui se soulevait par endroits en minuscules fumées, très basses. Les chiens étaient enfouis dans leurs trous et ne réclamaient pas à manger. Nous n'avions pas dormi, le jour semblait fatigué, lui aussi.

Je suis allée chercher sous l'*umiak* une outre remplie de graisse et de baies, cette nourriture étant probablement la plus à même de glisser dans la gorge de ma fille. Tandis que je tirais l'outre dans le tunnel qui mène à la maison, j'ai surpris les paroles rassurantes que l'homme était en train d'adresser à Hila : « Ton *tarniq* est là, disait-il en frottant son omoplate du plat de la main. Il est revenu juste au moment où je quittais la lune. Tu dois maintenant faire bien attention à ce qu'il reste là où ta grand-mère a cousu l'aile de corbeau. »

« Tu es un grand *angakok*, ai-je dit en déposant l'outre près de Hila.

– Mes pouvoirs sont modestes, mais j'ai eu la chance de faire cette nuit un grand voyage à l'est... À vrai dire, le *tarniq* de ta fille est puissant – il vole loin, très vite et très longtemps. Pour tout te dire, je le suis depuis deux lunes et c'est lui qui m'a conduit vers toi dans le fjord où les phoques se rassemblent cet hiver. »

Dans les jours qui ont suivi, Hila a commencé à se sentir mieux. En moins d'une demi-lune, elle s'est remise à rire et, avant l'arrivée du printemps, elle avait rejoint les autres enfants – amaigrie, mais plus belle qu'avant.

## 70

Il est normal de donner quelque chose à un *angakok* qui a soigné votre enfant. Comme aucun des objets que je possédais n'était assez gentil pour l'homme qui a sauvé Hila, je lui ai offert la chaleur de mon corps. Il s'en est emparé plusieurs fois durant la lune qui a suivi son vol magique. Et comme cela nous a plu, nous avons recommencé à la nouvelle, et toutes celles qui ont suivi – jusqu'au grand jour qui dure toujours, au cœur de l'été.

La glace a complètement fondu sur la toundra, il est temps, maintenant, de s'enfoncer dans les terres. Nous laissons Hila à sa grand-mère, et l'homme m'emmène jusqu'au Lac-au-dessus-duquel-penche-une-roche. Depuis le récit que j'ai fait de notre voyage en traîneau, il est devenu Atanaarjuat – l'homme rapide. Mais ici, il veut que je l'appelle de son vrai nom, celui que lui a donné son maître : Naja, le Goéland.

Il me montre pourquoi en grimpant sur la roche. Perché là-haut, les deux pieds serrés, il plie les jambes, penche les épaules en avant et saute la tête la première. Je ne saurais pas dire s'il reste en l'air plus longtemps qu'un autre, mais je suis ébahie par la façon dont il se rétablit. Il parvient à frôler l'eau sans y plonger. Ses bras sont comme des ailes puissantes, capables d'infléchir[1] la chute de son corps. Il atterrit sur la rive du lac, bien loin de la roche dont il s'est jeté. Sa veste et son pantalon sont à peine éclaboussés, sa figure fendue d'un large sourire.

Naja me demande de monter à mon tour sur la roche. Elle fait trois fois ma taille. Au sommet, je ressens un léger vertige. Naja me demande de regarder ce qui se trouve sous mes doigts, à l'est. J'aperçois une petite

1. Assouplir, amortir.

vasque de pierre. Comme si une patte d'ours avait tourné là pendant des siècles et creusé une cavité à la taille de mon bras.

« Tu vas rester là, maintenant, dit Naja. Et attendre que le soleil frôle l'horizon trois fois. Pendant tout ce temps, tu vas frotter la pierre avec ça. » Il me lance un gros galet, avant de s'éloigner pour aller à la chasse. Je comprends que mon initiation commence.

## 71

Trois jours durant, je frotte la pierre avec le galet. Cela me cause des brûlures, des fourmillements, des douleurs intolérables – jusqu'à ce que je ne sente plus ni mon épaule ni mon bras. Finalement, ma main tourne toute seule, sans que je puisse dire qui l'actionne. Quand au loin le soleil se contente de caresser l'horizon, je suis transie de froid. La roche sur laquelle je suis installée est comme une couche de glace. Aux heures où le soleil est haut dans le ciel, à l'inverse, je suis éblouie par ses reflets sur l'eau du lac. Pendant de longues périodes, où que je tourne mon regard, je ne vois plus que des halos blancs. Quand je retrouve la vue, le promontoire où je niche me paraît chaque fois plus haut. Pourquoi Naja m'a-t-il laissée là plutôt que dans une caverne ?

## 72

Je ne suis plus certaine du temps qui passe, mais il me semble que le quatrième jour commence. Il m'arrive de tomber dans le sommeil, et chaque fois que je me réveille, je crois voir Naja au loin. Mais c'est une illusion, et je reste seule sur mon rocher. Peut-être ne redescendrai-je plus jamais de là.

## 73

Encore une fois, j'ouvre les yeux sur le lac. Le soleil est loin, sa lumière forme un dôme brillant à la surface de l'eau. Plus je le regarde, plus ce dôme me paraît vivant. Il grossit lentement, on dirait le dos d'une baleine. Sauf qu'il est en fourrure et qu'il étincelle.

Soudain, tout s'accélère : le dos s'arc-boute et un corps immense jaillit de l'eau avec la vivacité d'une truite. Le mouvement provoque une vague qui vient me balayer, je flotte dans l'eau comme un coquillage arraché à son rocher. Au bout de la colonne dressée ballotte une tête énorme : c'est celle de l'Ours du lac. Il s'avance vers moi la gueule ouverte. Il n'y a rien d'autre à faire que se laisser dévorer. De toute façon, ma frayeur est si grande que je suis complètement paralysée. J'entends mes os et mes tendons craquer sous ses crocs, mon sang gicler sur sa langue charnue. Ma cage thoracique s'affaisse, elle finit par être comprimée par son gosier. J'étouffe, je vois du rouge, du noir, du blanc.

Tout s'éteint, il règne autour de moi une chaleur confortable, des borborygmes[1] lointains me bercent… Je ne sais pas combien de temps je reste là, comme ça, ballottée dans des intestins.

Soudain, la compression recommence. Encore plus douloureuse que la première. Mes côtes transpercent tous mes organes, je suis regonflée

1. Gargouillements d'estomac.

au prix de cent blessures. Expulsée de la gueule de l'Ours avec la force d'une tempête, j'atterris sur la rive du lac comme un vieux morceau de viande. Mes os ne se remettent en ordre qu'au bout d'un long moment...

Je suis nue, le vent balaie ma peau déchirée en plusieurs endroits. Mes *kamik* sont les premiers de mes habits à revenir. Ils me chaussent et la chaleur commence à monter. Ensuite, c'est ma veste qui s'avance vers moi comme un chasseur à l'affût. Mon pantalon suit en accomplissant une drôle de danse. J'ignore comment, car je ne l'avais pas en venant : ma vieille et grande peau d'ours me revient aussi – celle que m'avait jetée mon père et que j'avais un jour abandonnée trouée, déchirée au bas de la falaise. Elle est aussi soyeuse qu'au premier hiver. C'est sous elle que je m'endors, les cheveux dénoués, flottant dans l'eau du lac.

## 74

L'hiver est à nouveau là. Je suis devenue la femme de Naja. Nous vivons dans la même maison que Pukajaak et mon oncle. Désormais, leurs deux grands garçons chassent. Le dernier-né est un être calme – un compagnon apaisant. Le frère de Pukajaak est là aussi, avec sa femme et leurs deux enfants. Ils attendent un autre bébé, dont on ne sait pas exactement quand il naîtra, mais la mère est déjà grosse.

Sauniq partage toujours notre compartiment sur la plate-forme, elle dort avec Hila. Sa fille aînée, qui était encore avec nous la saison passée, est retournée plus au nord avec sa famille, car ses deux grands enfants veulent se marier avec des jeunes gens de là-bas. Sauniq parle souvent d'elle : « *Aatataa!* Cette femme est presque aussi vieille que moi, c'est effrayant ! » dit-elle en riant. Ma vieille mère a d'ailleurs décrété qu'elle ne s'approcherait plus de l'eau ni de la glace lisse. Elle ne veut plus voir son visage. « Quand on a une fille qui s'apprête à avoir des petits-enfants, on ne doit plus essayer de regarder ses rides, assure-t-elle. Ce sont des crevasses profondes dans lesquelles on tombe trop facilement. » Puis, après un silence pensif, elle ajoute d'un air menaçant : « Et vous feriez bien, vous autres, de ne plus me regarder non plus, car la mort aura vite fait de vous avaler ! »

Par moments, Sauniq s'éteint, on ne l'entend plus pendant plusieurs jours. Seule Hila a encore de vraies conversations avec elle. Elles regardent Naja et elles ont l'air satisfaites. Parfois, elles passent de longues heures ensemble, derrière la lampe. Ma vieille mère lui apprend des choses que je ne sais pas. C'est bien.

Pendant ce temps, je chasse le phoque avec Naja. En cela comme en toutes choses, ses techniques diffèrent des nôtres. Au lieu de rester des heures debout, à guetter l'animal au trou de respiration, il cherche des failles pour tendre des filets. S'il n'en trouve pas, il peut aller très loin sur la glace, jusqu'à trouver de l'eau libre, des lieux de passage à ciel ouvert.

Avec lui, j'apprends à tisser des filets aux mailles plus ou moins serrées, puis à les poser à des endroits stratégiques. Cela ne marche pas à chaque fois, et c'est parfois beaucoup d'efforts pour rien. Quand mon oncle se moque gentiment de lui, Naja répond : « Déjà chez moi, j'étais piètre chasseur, et je ne sais rien de votre gibier marin. Mais j'essaie des choses – si cela vous amuse, c'est déjà ça ! »

### *Chant de Sauniq à Hila*

*Arnaliara, arnaliara,*
*Écoute le vent qui souffle*
*Ce qu'il répète est doux :*

## De pierre et d'os

*Hila est le plus bel enfant jamais fabriqué*
*Elle est aussi ta petite mère adorée*

*Arnaliara, arnaliara*
*Quand je t'ai retrouvée*
*Mon visage était fripé*
*Depuis que tu es née*
*Mon âme sème ses années*
*Et fond comme un glaçon !*

*Arnaliara, mère de moi,*
*Écoute le vent qui souffle*
*Il m'appelle*
*M'invite à danser comme un flocon*
*Je suis vieille, mes os sont pleins d'air*
*Nous allons finir ma vie ensemble, petite mère*

*Tu as déjà en toi*
*Une force que tu ne connais pas*
*Je te laisse chacun de mes pouvoirs –*
*Tous n'ont pas servi*
*Et tu devras apprivoiser les plus sauvages*

*Si tu m'as bien écoutée ces dernières années*
*Tu sais tout ce que je sais*
*Et même ce que j'ai déjà oublié*
*Je m'en vais, arnaliara,*
*Mais ne t'inquiète pas*
*On se reverra*

*Pour le voyage, j'emporte*
*Ton regard et ta chaleur*
*Quand tu te réveilleras, arnaliara,*
*Près de mon corps refroidi*
*Remplis une dernière fois*
*Ma bouche de crustacés gentils*

*Si tu fais ça, arnaliara*
*Aucune famine, jamais, ne t'atteindra*
*Mmm mmm ! arnaliara*
*Je meurs heureuse près de toi*

## 75

Cela fait trois jours que nous sommes confinés dans la maison. Tout d'abord, c'est un brouillard dense qui a recouvert le fjord, puis le vent d'en haut s'est mis à souffler, apportant avec lui des rafales de neige. Au début, ce n'était qu'une petite poudre fine, mais cela s'est vite transformé en volées de poignards aiguisés. Les cristaux étaient tranchants et durs. Nous ne pouvions pas tenir dehors plus de quelques minutes.

La nuit dernière, la tempête a atteint son maximum. Le vent hurlait au travers des murs. Serrés les uns contre les autres, nous avons essayé de chanter pour nous distraire, mais au bout d'un moment, nous n'entendions plus rien – plus rien que les hurlements du vent et des chiens furieux dans le couloir. Nous nous sommes tus[1]. Il n'y avait plus qu'à espérer que la colère de l'Homme-Lune n'irait pas jusqu'à faire s'écrouler les piliers du ciel.

**1.** Nous avons cessé de parlé *(participe passé du verbe « taire »)*.

Ce matin, le vent est enfin tombé. Il régnait une ambiance étrange dans la maisonnée. Nous avions beau être restés à l'abri, nous étions tous sonnés, comme après un vol chamanique. Quelque chose avait changé, nous ne savions pas quoi. Un moment, j'ai pensé que la maison s'était peut-être déplacée. Qu'en sortant, nous allions découvrir un autre paysage que celui auquel nous étions habitués.

La réponse à cette inquiétude diffuse est venue d'ailleurs. À côté de moi, le vent de la nuit s'était réduit à un faible halètement. Je me suis penchée sur la plate-forme – cela venait de Hila. J'ai rallumé notre lampe et j'ai découvert son visage en pleurs. Immobile contre le mur, elle se tenait éloignée du corps de Sauniq – déjà froid.

Le souffle de notre vieille mère s'était envolé durant la tempête. J'ai d'abord appelé Pukajaak, qui a ensuite prévenu son frère. Nous sommes restés là un long moment, silencieux, immobiles. Puis, serrant nos mains et les épaules de Hila, Pukajaak a dit : « *Ajurnamat !* » C'est comme ça.

## 76

Dehors, le paysage est inchangé. Simplement, le beau temps est revenu, il baigne tout d'une lumière nouvelle. Au loin, les reliefs sont adoucis par l'épaisse couche de neige. Le voyage de Sauniq en sera peut-être facilité. De toute façon, nous ne sommes pas très inquiets, car la femme du frère de Pukajaak étant sur le point d'accoucher, l'âme de notre vieille mère ne va pas errer[1] longtemps.

En attendant, il faut tout de même sortir son cadavre de la maison, ainsi que tout ce qui s'y trouve. Le frère de Pukajaak veut se charger seul

1. Voyager sans but.

du corps de sa mère, mais il ne parvient pas à le soulever. Mon oncle vient l'aider – à deux, ils n'y arrivent pas plus. Pukajaak et moi sourions en regardant la frêle[1] carcasse de Sauniq collée à la plate-forme. À la voir comme ça, on pourrait croire qu'un souffle suffirait à la déplacer. Mais celle dont le nom signifie « os » ne peut être seulement de cuir et de poussière. Sa peau desséchée, son crâne dégarni, dont le chignon n'est pas plus fourni qu'une pelote d'algues sèches, et son squelette fragile pèsent en réalité plus lourd que la pierre. Sauniq n'a jamais dévoilé tous ses pouvoirs. Ce n'est qu'avec l'aide de Naja, sorcier lui aussi, que les hommes parviennent à l'extraire de la maison. Pukajaak et moi sortons à leur suite, avec toutes ses affaires et les nôtres.

Hila est la seule d'entre nous à être vraiment triste. Elle n'a pas l'âge de ce qui lui arrive : en perdant sa grand-mère, elle perd aussi sa fille. Ces derniers jours, j'avais bien vu que Sauniq la préparait à ce départ. Elle lui a offert beaucoup de chants et de charmes. Hila est trop jeune pour mesurer la force de cet héritage. Elle perd aujourd'hui la chaleur animale de Sauniq et personne ne peut la consoler de ça.

Je la laisse le temps qu'il faut près du corps de sa grand-mère. Avec Pukajaak, elles détachent les différents sachets de cuir que notre vieille mère portait contre sa poitrine décharnée. Sous la peau de ses seins distendus[2] se trouvent encore des amulettes cachées. Pour se les approprier, il suffira d'énoncer les charmes adéquats. Hila en connaît certains, mais il faut attendre quelques jours. Tout ce qui a appartenu à Sauniq doit, pour l'instant, rester à l'extérieur de la maison. Pukajaak lui laisse quelques-uns de ses ornements. On ne dépouille pas un mort, et encore moins une chamane, de tous ses attributs.

---

**1.** Fragile.
**2.** Relâchés, pendants.

Notre vieille mère mangeait peu ces derniers temps, et se tenait éloignée de l'eau sous toutes formes. Nous enfouirons donc son corps sous une dalle de pierre plutôt que de le jeter dans une crevasse près de la mer. Laissée entrouverte, cette dernière maison permettra à son *tarniq* de rejoindre le ciel quand il sera prêt à quitter notre monde.

Naja offre pour son ensevelissement une grande peau noire de bœuf musqué. Cela fait très longtemps que nous n'avons pas chassé un tel animal par chez nous. La peau de Naja est de belle taille, nous avons de quoi rouler Sauniq trois fois. Ainsi part-elle bien protégée, elle qui, ces derniers temps, se tenait toujours au plus près de la lampe.

Au revoir, vieille mère. Nous ne prononcerons plus ton nom jusqu'à ce qu'un enfant l'endosse, mais le son de ta voix vibre encore dans l'air qui nous entoure.

## 77

Nous avons de la chance. Depuis que Sauniq est morte, le temps est clément[1]. Ciel clair, pas trop de vent. Nous dormons dans la maison vide et, pour passer le temps, nous marchons sur le rivage ou vers l'intérieur dès les premières lueurs de l'aube.

Aujourd'hui, j'emmène Hila sur la colline qu'on appelle Long-Bras à cause du coude qu'elle fait en son milieu avant de s'éteindre en pente douce. Nous montons lentement dans la neige fraîche. Nos *kamik* crissent comme des oisillons, nos narines frémissent : on sentirait presque une odeur de printemps.

---

1. Doux, favorable.

Du haut de la petite butte, de l'autre côté du fjord, on peut voir la Griffe-de-Chien, ce promontoire au-dessus de la mer à l'approche duquel Hila avait pleuré lors de notre arrivée dans le brouillard, il y a une douzaine d'hivers. Je lui raconte une nouvelle fois comment, grâce à elle, nous avions alors retrouvé l'endroit où Sauniq avait survécu longtemps auparavant avec sa famille. « Je sais cela », me dit Hila en me montrant sa poitrine. Elle porte encore sous sa veste la dent ronde du morse qui s'était donné à nous tout près d'ici. Et tirant le petit sachet de cuir qui la contient, elle en sort un vieux bec d'oiseau qu'elle vient de lui adjoindre. « C'est une amulette de ta vieille mère et de ma fille, souffle-t-elle dans son propre cou. Elle date de l'époque où je séjournais avec elle ici – dans mon autre vie. »

Au loin, les premiers oiseaux migrateurs tournent autour de la Griffe-de-Chien. Le deuil de notre vieille mère nous interdisant de regarder longtemps le ciel ou la mer, nous nous régalons de leur spectacle quelques instants, avant de redescendre – apaisées par la caresse d'un vent léger.

Demain matin, trois jours entiers seront passés. Mon oncle, le frère de Pukajaak et Naja pourront reprendre leurs activités. Pour Pukajaak, Hila et moi, le deuil sera plus long. Nous ne pouvons pas coudre et nous continuerons de manger à part. Nous allons passer de longues journées à ne rien faire, ne rien toucher.

Je me demande parfois ce qu'il se passerait si nous ignorions tous ces tabous. Sauniq a vécu sa mort comme une libération – pourquoi son âme se vengerait-elle sur les vivants qui l'ont aimée ?

### *Chant de Sauniq à Uqsuralik*

*Je suis née par beau temps*
*Dans une famille nombreuse*
*Ma mère m'avait prédit longue vie*

## De pierre et d'os

*J'ai échappé à plusieurs famines*
*Et connu plusieurs maris*

*J'ai donné naissance à beaucoup d'enfants*
*Certains nés de mon ventre*
*D'autres extraits par mes mains*
*Grâce à eux, j'habiterai longtemps Nuna*
*Notre territoire commun*

*Parmi tous ces enfants*
*Uqsuralik, ma dernière fille,*
*Tu es la seule pour qui je me fais du souci*

*Tu es à la fois ourse et hermine*
*Ta fille est un corbeau*
*Vous avez à vous deux*
*La force de plusieurs animaux*

*En tirant ses cheveux*
*Ma petite mère Hila*
*A précipité la mort du Vieux*
*Et vengé son père*

*En t'associant de ton côté*
*À l'étranger nommé Naja*
*Tu t'apprêtes à voyager au-delà*
*Des mondes perçus par la plupart d'entre nous*

*Uqsuralik, ma dernière-née*
*Ne dis à personne que ton initiation a commencé*
*Ou bien tes visions seront brouillées, emprisonnées*

*Uqsuralik, ma dernière-née*
*Ne dis à personne que les esprits t'ont visitée*
*Ou bien tes pouvoirs seront brimés, entravés*

*Les femmes puissantes*
*Encourent d'abord*
*Tous les dangers*

## 78

C'est demi-lune ce soir, et la banquise scintille légèrement sous sa course. Quand Naja et ses compagnons rentrent de la chasse, elle vient de passer sous l'horizon, il fait déjà noir. Pukajaak, Hila et moi avons marché toute la journée dans la neige, vers les montagnes. Sans le chercher, nous avons surpris un troupeau de bœufs musqués. Nous rapportons cette nouvelle aux hommes réunis sur la plate-forme autour d'un phoque dépecé. L'un d'eux dit : « Vous n'auriez pas dû regarder le gibier. Maintenant, il va se sauver. » Naja demande avec moins de défiance : « Et où l'avez-vous vu, ce troupeau, exactement ?

– En droite ligne vers l'est, quand on a la Griffe-de-Chien dans le dos.

– Nous irons demain », conclut Naja.

Plus personne ne prononce une parole jusqu'à ce que les lampes soient éteintes.

Le lendemain, Naja, mon oncle et trois garçons partent en direction de la montagne. Ils reviennent le soir en déclarant qu'ils ont vu le troupeau au loin. Ils y retourneront demain, et partiront plus longtemps.

Depuis la fin du tabou pour les hommes, nous dormons entre femmes sur la plate-forme. Quand personne n'est dans la maison, ou quand personne ne me regarde, je travaille des peaux, je frotte les *kamik* de Naja avec de la graisse de phoque. Et puisqu'ils partent demain pour quelque temps, je mâche bien les coutures de ses moufles et la fourrure de ses bottes, afin qu'elles restent souples.

En prenant ses affaires sur le séchoir au matin, Naja n'est pas dupe et sait bien qui a pris soin de ses vêtements. En les enfilant, il dit : « Bonnes petites moufles, bonnes petites chaussettes... » Je comprends qu'il n'a pas d'inquiétude sur le fait que je ne reste pas à ne rien faire. La vie a repris, la chasse aussi – personne ne redoute le *tarniq* de Sauniq. Nous ne prononçons plus son nom pour la laisser voyager en paix, mais elle n'est pas de ces morts dont on craint la malédiction.

## 79

À leur retour quelques jours plus tard, Naja, mon oncle et les trois garçons, dont deux fils de Pukajaak, ramènent deux bœufs musqués. La chasse a été longue pour réussir à isoler ces deux bêtes, un mâle assez âgé et une jeune femelle. Le mâle s'est détaché du groupe pour charger, il s'est retrouvé piégé au bas d'une falaise. Pour la femelle, cela s'est passé différemment : à l'approche du danger, le troupeau a fait front. Les hommes l'ont choisie pour ses sabots blancs, et ils ont tiré, au fusil, au harpon. La génisse s'est effondrée. Le plus difficile a été ensuite de se faire un chemin sûr jusqu'à elle. C'est Naja et mon oncle qui y sont allés, tandis que les garçons maintenaient le reste du troupeau éloigné. Enfin, il a fallu traîner ces lourdes prises jusqu'ici.

« Vous avez eu de la chance, dit le frère de Pukajaak en contemplant les bêtes.

– Pourquoi ? demande Naja.

– Habituellement, le gibier vu par les femmes en deuil se sauve.

– Eh bien, cette fois, il s'est laissé attraper. Et c'est même parce que nous ne pouvions ramener plus de viande sur nos traîneaux que nous n'en avons pas tué davantage. Ceux de la harde, postés près du corps de la génisse, étaient tous de belles proies. Nous avons dû les chasser à coups de pierres. »

On procède au partage. Parce que c'est elle qui a vu le troupeau en premier, la peau du mâle revient à Hila. C'est la première fois qu'un tel trophée lui échoit[1]. Elle est émue parce qu'il s'agit d'une peau semblable à celle qui a servi à envelopper Sauniq. La deuxième revient à mon oncle, qui a tiré le premier sur la génisse. Il en fait don à Pukajaak qui la cède à sa belle-sœur enceinte, gonflée comme une outre. Le frère de Pukajaak ne dit plus rien.

Les femmes découpent ensuite les bêtes et nous faisons le soir notre premier festin de viande musquée depuis longtemps. Certains trouvent cela délicieux et d'autres répugnant, mais tout le monde rit comme en plein milieu de l'hiver, lorsque nous sommes nombreux, soûls de chants et de viande.

## 80

La femme du frère de Pukajaak accouche la nuit suivante. À nouveau, si près de la mort de notre vieille mère, toutes les précautions

**1.** Lui est réservé, lui est attribué.

sont prises. On sort de la maison toutes les peaux, toute la viande, toutes les armes. Pukajaak et moi ne pouvons pas aider, c'est une autre femme du camp qui se charge d'accueillir l'enfant. Les hommes s'éloignent et nous restons de l'autre côté du mur, sous l'*umiak* renversé.

Tout le monde est nerveux, car la femme du frère de Pukajaak a déjà perdu deux enfants en bas âge. Il faut espérer qu'aucun esprit n'a réussi à pénétrer son ventre durant la grossesse et que ce bébé-ci sera assez fort pour survivre. Depuis l'extérieur, Pukajaak répète sa formule :

*Une fente va s'ouvrir*
*Et aucune glace ne s'y mettra*
*Une fente va s'ouvrir*
*Et l'enfant se présentera*

À l'intérieur, l'accoucheuse récite ses propres charmes. La mère, en revanche, ne fait aucun bruit. On s'attend à tout moment à entendre des cris, les siens ou ceux de l'enfant – mais un silence inquiétant règne à la place. On perçoit seulement quelques soupirs de temps en temps.

Finalement, c'est l'accoucheuse qui appelle. Elle sort de la maison le chignon défait et demande à ce que Pukajaak vienne. Elle lui parle en secret. Pukajaak vient me voir, et me demande d'aller chercher Naja. Je traverse en courant le champ de neige qui nous sépare des rochers où les hommes s'abritent. Naja revient avec moi et me demande de le suivre à l'intérieur.

La femme du frère de Pukajaak est renversée sur sa peau de bœuf musqué. Elle est en nage, les dents serrées sur une courroie de cuir qui lui déchire le visage. Aucun son ne sort de sa bouche, mais la détresse déferle[1] de ses yeux exorbités[2]. L'accoucheuse a les mâchoires serrées. Pukajaak

1. Se précipite.
2. Qui paraissent sortir de l'orbite.

explique à Naja que le bébé se présente mal. Pour le faire passer, l'accoucheuse a utilisé une formule qui lui vient d'un chamane, mais elle s'est aperçue avec terreur qu'elle contenait un mot tabou qu'elle ne peut pas redire… Elle craint d'avoir mis l'esprit d'un ancien en colère.

Naja demande à ce que la lampe soit voilée un instant. Il s'approche du ventre de la mère et cherche à comprendre ce qui retient l'enfant. Il s'adresse directement à lui, dans la langue ancienne des chamanes. Après quelques instants, il demande à ce que la lumière soit faite à nouveau et s'adresse à la femme : « Qui crois-tu attendre ? » La femme du frère de Pukajaak le fixe d'un air effrayé. « Réponds ! Qui attends-tu ? » La femme, enfin, lâche un cri : « Un fils vivant ! » La courroie enduite de sa salive tombe sur son ventre. « C'est une fille qui arrive ! Laisse-la venir ! »

Maintenant, la femme hurle. Et l'accoucheuse lui tient les cuisses. Naja s'adresse à elle : « N'essaie pas de changer le sexe de cette enfant. Tu n'as rien dit de mal, contente-toi de l'attendre. » Les cris de la mère cessent un instant, et reprennent de plus belle. « Va chercher Hila », me demande Naja d'un ton ferme. Je ressors et entre à nouveau avec ma fille. Nous sommes quatre femmes et un chamane autour de la fente qui se crée. La tête apparaît, elle descend, mais elle est bleue, le cou ceint d'un cordon blanc. L'accoucheuse aux mains enduites de graisse va chercher avec deux doigts ce qu'elle ne peut nommer : les clavicules de l'enfant. Naja demande à Hila de réciter quelque chose. Hila comprend qu'on lui demande un des charmes de Sauniq.

*L'été n'est pas là*
*Il est sous la neige*
*Mais l'herbe se dressera bientôt*
*Pourvu qu'un souffle entre dedans*

L'enfant est sortie, mais elle ne crie toujours pas. L'accoucheuse saisit le cordon entre ses doigts et tâche de le couper avec une coquille de moule. Elle n'y parvient pas. Vite, elle tire dessus et le glisse d'un côté, par-dessus l'oreille. Le reste vient. Le charme que Hila répète encore et encore finit par opérer : l'enfant ouvre sa bouche et commence à pleurer. Le visage de la mère, gonflé, se couvre d'un flot de larmes.

Il faut maintenant nommer l'enfant qui vient de ressusciter entre nos mains. L'accoucheuse saisit son annulaire entre ses doigts et chuchote le nom de notre vieille mère. L'enfant ne réagit pas. Elle prononce d'autres noms, auxquels l'enfant ne réagit pas non plus. Elle redit le premier et l'enfant lève les bras comme sous l'effet d'un coup de bâton. Ses jambes se tendent aussi à la redite de deux autres noms, qu'elle portera aussi. Mais cette nuit, c'est le premier qui compte. Le visage baigné de sueur et de larmes, la mère nous regarde avec un sourire : « Sauniq est revenue… »

## 81

La nouvelle Sauniq est aussi frêle, mange aussi peu que l'ancienne, mais elle survit. Elle ne pleure quasiment pas, son cœur bat aussi vite que celui d'un oiseau. Sa grand-mère maternelle, qui a rejoint notre maison, a cousu ses habits ensemble, de façon à ce que son âme reste dedans. Les manches sont bien serrées autour de ses poignets, de la fourrure de renard a été ajoutée au col et aux pieds. Mon oncle remarque qu'ainsi, elle ressemble à une hermine. Il sourit à mon attention : « Cette fille est-elle aussi la tienne, Uqsuralik ? »

Hila est déjà très attachée à cette enfant, dont elle est aussi un peu la mère. Elle a déjà composé un chant pour elle, qu'elle murmure à son oreille quand elle se nourrit. Ça parle de crustacés et de gargouillis :

*Aya aya petite coquille*
*Tu es vide et tu flottes*
*Kuu kuu kuu*
*Font les palourdes*

*Aya aya petite coquille*
*Ta langue fait kok kok*
*Elle titille tes papilles*
*Aya aya petite coquille*

# CINQUIÈME PARTIE
## *DEUX GARÇONS, TROIS BÉLUGAS*

### 82

Hila est une jeune fille à présent. En ne survivant pas à son deuxième hiver, la petite Sauniq l'a sans doute délivrée d'un trop gros fardeau. Morte peu après son accouchement, d'une raison qu'on ne connaît pas, la femme du frère de Pukajaak l'avait laissée face à une grande responsabilité. Le clan avait voulu enterrer la petite vivante, auprès de sa mère, mais Hila s'était opposée à cette décision – considérant que Sauniq était aussi son enfant. Je n'étais pas intervenue, ni plus que Naja. Hila a dû la nourrir sans lait pendant une année, ce qui est éreintant. Maintenant, elle vit une vie plus légère – plus triste, aussi.

Naja me dit de ne pas m'en faire : Hila est forte. Elle ne quitte pas l'*amauti* qui a contenu la petite Sauniq et nul doute que ce manteau contiendra un jour d'autres enfants. En attendant, elle est redevenue la petite orpheline singulière qui arbore une aile de corbeau. Selon Naja, elle a déjà accompli un cycle de vie. Afin de révéler sa vaillance et son courage, il voudrait qu'on tatoue son visage. Est-ce utile que ma fille endure de nouvelles souffrances ? On verra.

En attendant, mon *amauti* aussi est vide. Naja est mon mari depuis de nombreuses saisons déjà – et notre union reste infertile. Lui et moi ne parlons jamais de cela. Les femmes autour de moi n'abordent pas le sujet. Mais cette absence me ronge. Dans un rêve, celle qu'on appelle la barbue, la grande noire, m'a prédit que quelque chose était en train de se créer dans mon ventre – mais rien ne paraît.

# 83

Naja et moi vivons désormais loin des autres. Depuis trois cycles de saisons, nous n'établissons plus vraiment de camp. Nous nous déplaçons le long du rivage pour chasser les animaux marins en hiver et pénétrons l'intérieur des terres quand la neige fond, à la rencontre des troupeaux.

Cette vie toujours au plein air, sous le vent, avec les chiens, me convient. Je fais tout le travail des peaux et chasse moins qu'avant, mais le fait de n'être que deux permet d'avoir beaucoup de temps libre. Naja et moi passons de longs moments à observer le ciel, les pierres, les mouvements de l'eau et de l'air. Par tous les temps, sur tous les terrains, les façons de faire de Naja diffèrent de ce que j'ai appris depuis que je suis enfant. Nous parlons peu. Je l'observe, et je l'imite.

Lorsque la tempête ou le froid l'exigent, nous restons confinés dans de tout petits abris. Naja veut que nous nous éclairions et nous chauffions le moins possible. La flamme de la lampe est toujours maintenue à son minimum. Nous passons le plus clair de notre temps dans la pénombre. Il m'apprend la langue des chamanes en évoquant dans des chants les mondes aériens et sous-marins qu'il faut atteindre pour convaincre les esprits d'être favorables aux vivants. Je ne comprends pas tout. Ses esprits auxiliaires, parfois, me font peur, me terrorisent jusqu'à la paralysie. Ils grognent, ils hurlent, ils nous menacent. Naja les voit, moi je les entends. Certaines nuits, ils me clouent au sol de la maison de neige ou de la tente par les seules vibrations de leur langue liquide, râpeuse. C'est presque toujours une épreuve que d'assister à cela, mais je ne me plains pas. J'écoute et j'apprends.

En secret, j'attends aussi le moment où Naja se rendra à nouveau auprès de l'Homme-Lune. Un peu avant que nous quittions les autres, il a accompli un vol vers lui pour guérir une femme infertile. Pourquoi ne le fait-il pas pour nous maintenant ? En attendant, je travaille son corps et le mien avec rage.

### *Chant du géant III*

À écouter sur www.lienmini.fr/77063-04

## 84

Naja est parti. Il m'a laissée seule dans notre tente au bord du lac. Je vis depuis deux lunes en compagnie des poissons, des insectes et des caribous au loin. Je n'ai plus le goût de manger de la viande, je me nourris de baies, d'œufs et de truites. Je connais désormais deux de mes esprits auxiliaires. Le premier est un vieil ami – il s'agit du géant de dessous les pierres. Il m'est apparu deux fois depuis l'hiver dernier. Il me parle des morts, des chemins qu'il creuse depuis la terre jusqu'au ciel. Il dit qu'il n'est pas fort et qu'il ne peut rien pour les vivants – mais je sais qu'il ment. Ses griffes sont les seules à pouvoir abraser[1] la pierre et la terre gelée.

Mon autre allié est plus discret, plus subtil. C'est l'homme-lumière – qui soulevait autrefois mon corps dans la nuit. Il a maintenant repris sa place au ciel, jouant à la balle avec le crâne des morts. J'ai d'abord eu du mal à interpréter les formes lointaines de son voile lumineux. Mais Naja m'a aidée à atteindre cet état d'extase qui permet de rejoindre

---

**1.** User, égratigner.

l'espace céleste. Je sais maintenant, grâce à mon propre chant, me propulser hors de mon corps jusqu'au monde des esprits. J'apprends petit à petit à dialoguer avec eux sans avoir peur. Le voyage est pourtant terrifiant. J'ai chaque fois l'impression qu'on m'arrache les entrailles. Mon cœur vient taper contre mes oreilles, une sensation de vertige m'assaille. Malgré cela, il faut rester lucide pour pouvoir convaincre les esprits de nous venir en aide. Naja dit que je serai une vraie chamane quand une fois au moins j'aurai réussi à parler à Sedna, au fond de la mer, et visité l'Homme-Lune sans provoquer sa colère.

## 85

Nous avons finalement rejoint Pukajaak et mon oncle dans leur camp d'été. Les tentes sont nombreuses cette année. Nous avons retrouvé la fille aînée de Sauniq et sa famille. Deux enfants leur sont nés, dont l'un porte le nom de notre vieille mère. Il a à peu près l'âge de la petite fille que Hila avait voulu sauver. Sans doute notre vieille mère a-t-elle dû choisir entre grandir fille ou garçon. Elle a choisi ce dernier, qui a une bonne petite mine. Il court comme un lapin sur la toundra et marche d'un pas assuré sur les rochers de la rivière.

Je me souviens de l'époque où Hila n'était pas plus grande que lui. Ma fille est une jeune adulte désormais. Elle a réfléchi à la suggestion de Naja et souhaite que son visage soit tatoué. Pukajaak objecte que cette tradition n'est pas de chez nous, et qu'un homme, dans le futur, pourrait trouver ces marques repoussantes. Hila ne veut rien entendre. Singulière, elle l'est depuis sa naissance. Et puis Naja a expliqué que dans son clan, bien au-delà de la dernière île qu'on peut voir du haut de la falaise, le tatouage est une marque de courage. Seules les jeunes femmes qui ont accompli quelque chose de remarquable ont le droit de l'arborer, ainsi que les hommes ayant tué un esprit maléfique. Hila a pris sa décision. C'est Naja qui tracera les lignes qui partiront depuis le milieu de son visage jusqu'à la naissance de ses oreilles.

## 86

Le temps où la lune tourne en rond dans le ciel sans jamais atteindre l'horizon est revenu. Le soleil ne paraît plus. Nous nous sommes établis dans la Petite-Baie-qui-se-resserre-à-l'est-comme-un-boyau, enfin dégagée des vieilles glaces qui s'y étaient accumulées l'an dernier. Naja et moi avons beaucoup fréquenté cette côte lorsque nous vivions seuls. Personne ne sait les nuits que nous avons consacrées à mon initiation. Pas même mon oncle et Pukajaak, qui sont pourtant mes plus anciens compagnons.

De toute façon, cela fait un moment qu'aucun de mes deux esprits auxiliaires ne s'est manifesté. Naja lui-même n'évoque plus les chants ou la langue qu'il faut connaître. C'est comme si mon apprentissage était en sommeil ou en cours d'ensevelissement. Cet hiver, le temps lui-même semble figé dans les glaces. L'ennui me gagne – même le corps de Naja ne me réchauffe plus.

Puis un matin, je ressens quelque chose d'étrange. Une piqûre très délicate, comme une petite dent d'ours qui me chatouillerait les entrailles par intermittence. À d'autres moments, c'est plutôt comme un éclat de glace flottant, qui chercherait absolument à percer la surface de mon ventre.

Je ne dis rien, j'attends – en pensant à toutes ces nuits où j'ai rêvé d'un nouvel enfant, où j'ai pleuré un vide envahissant.

## 87

J'ai sans cesse envie de rire et, lorsque je m'approche du rivage, j'entends les palourdes qui claquent sous la glace. Si j'avance seule sur la banquise, je perçois la mer qui bouge en dessous, je sais qu'elle rit avec moi. Cette fois, j'en suis certaine : un enfant est là.

Au-dehors, je ne laisse rien paraître. Je n'ai rien dit à Naja, tant je redoute que le fœtus ne se soit pas fait en moi un habitat durable. Pukajaak et Hila non plus ne savent rien. J'attends que cela ne puisse plus ne pas se voir.

Mais dès qu'on ne me regarde pas, je fais tourner mes mains sur mon ventre comme on chauffe la peau d'un tambour. Il y a là-dessous un mouvement doux qui naît sous mes doigts. Je sais que cet enfant vient de loin et qu'il a encore du chemin à faire pour parvenir jusqu'à nous. Je lui laisse tout son temps et, la nuit, j'écoute le bruit de ses pas délicats sur la glace.

Cela demande une attention si grande que j'en deviens indifférente à tout le reste. Un homme a été grièvement blessé dans une maison voisine et dit que c'est par un cousin jaloux ; je ne m'en émeus pas. Il a pourtant une femme et quatre enfants qu'il ne pourra pas nourrir avant longtemps. Hila est partie habiter chez eux le temps qu'il se remette. Elle aide, elle chasse pour eux du petit gibier quand le temps le permet. Naja, lui, est préoccupé par ce qui se joue dans le camp. Il craint des actes de vengeance. Pour les éviter, il propose qu'une grande maison communautaire soit construite pour les festivités d'hiver. Il espère qu'ainsi les tensions se régleront par le chant plutôt que dans le sang.

## 88

La grande maison de fête est dressée. Nous sommes au moins deux hommes complets rassemblés dans la haute pièce. Comme les autres années, certains font la démonstration de leur agilité en accomplissant des figures complexes dans les courroies tendues entre les murs. C'est toujours un plaisir que de voir des corps souples mimer le vol emprunté du jeune guillemot ou bien la nage saccadée de l'alevin. Le solstice est déjà passé depuis deux lunes et une sorte d'énergie traverse le groupe. L'hiver sera long encore, mais le soleil blanchit déjà l'horizon plusieurs heures par jour.

Cela donne à tous l'envie de chanter et de rire. Il règne aussi une sorte d'excitation, du fait du conflit qui oppose l'homme blessé à son cousin qu'il accuse d'avoir voulu l'assassiner. Personne ne parle plus de cette histoire depuis le jour où elle est advenue, mais tout le monde y pense et attend de voir ce que cela va donner ce soir ou dans les jours qui viennent.

En attendant, chacun cherche à animer du mieux qu'il peut les veillées de la grande maison. Les hommes se livrent à des récits de chasse épiques et précis. Leurs mains se font dos d'ours et pattes de renard. Ils miment la marche lente du gibier qui est venu à leur rencontre et la façon dont ils ont mené leur traque.

Une vieille raconte aussi le grand voyage qu'ont fait ses parents bien avant sa naissance, les périls qu'ils ont endurés en traversant les glaces. Il paraît qu'à une époque reculée, on pouvait rejoindre en hiver une île lointaine où le gibier abonde[1]. Depuis, les courants ont changé, et il n'est plus

---

**1.** Est nombreux.

possible de s'y rendre en traîneau. Ainsi se meut[1] notre territoire – dans une grande respiration qui nous entraîne.

## 89

C'est le cinquième soir de veillée et de fête. Épuisés, les enfants dorment en tas sur la plate-forme du fond. Les jeunes n'ont quasiment pas fermé l'œil depuis quatre jours, ils ont les orbites creusées par la fatigue. Nous avons beaucoup mangé, certains sont ivres de sang et de viande.

Toutes les histoires que nous connaissons ont été racontées, tous les jeux d'adresse ont été tentés, tous les mythes anciens ont été invoqués. Nous devons maintenant inventer la nuit qui vient. Les hommes hilares[2] et éreintés[3] se plaignent que les femmes n'ont pas assez participé. Ils réclament des chants, des saynètes et des danses. L'une d'entre nous se dévoue. Enfilant la grosse culotte de peau et la parka de son mari, elle se dandine devant nous comme un ours ensommeillé. Elle est vraiment très drôle. Une deuxième se livre à une danse plus lascive[4], au son du tambour de son mari. Elle est vêtue d'un simple cache-sexe. Tout le monde apprécie, personne ne veut qu'elle s'arrête. Ne sachant comment se défiler, elle vient me chercher, moi qui n'ai encore rien donné pour ces fêtes. Me saisissant par les bras, me forçant à me mettre debout devant elle, elle me souffle son haleine fraîche dans le nez. Nous nous lançons dans un duel de chants.

---

1. Va, évolue.
2. Qui expriment une gaieté riante.
3. Fatigués, épuisés.
4. Érotique.

Les sons rauques qui sortent de sa gorge sont d'abord doux et rassurants. J'y réponds par de petits toussotements. Bientôt, portées par les encouragements de l'assistance, nous émettons des sons plus forts. Ma partenaire, quasiment nue, ne manque pas de souffle, mais moi je transpire sous ma chemise. Il faut donc que je l'enlève. Jusque-là, même quand il faisait chaud dans la grande pièce, je l'avais toujours gardée. À présent que je l'ôte, un silence étonné se fait. Il n'y a que ma partenaire de chant, les yeux fixés dans les miens, qui ne remarque pas mon gros ventre. Après quelques secondes de stupéfaction, les exclamations fusent[1], suivies de rires et de *iii iii!* d'excitation. Mais personne n'interrompt le chant. Au contraire, tout le monde l'encourage à durer plus longtemps. Ma partenaire a fini par baisser les yeux sur mon ventre, elle émet de petits cris de joie à chaque inspiration. Je fais comme elle – nous piaillons[2] comme un couple de mergules nains heureux de sa couvée.

Lorsque nous nous arrêtons enfin, Pukajaak se lève la première et vient me prendre dans ses bras, Naja reste assis, mais ses yeux incrédules[3] fixent mon ventre rebondi. Sa poitrine nue est secouée de petits rires. Les autres hommes viennent le féliciter. Seul mon oncle se moque gentiment de lui : « Naja fait un drôle de chamane, tout de même. Il n'a pas vu arriver son propre enfant ! » Je dois maintenant livrer mon propre chant.

### *Chant d'Uqsuralik*

*Longtemps, longtemps*
*J'ai espéré*
*Longtemps, longtemps*

---

**1.** Jaillissent.
**2.** Poussons des petits cris aigus.
**3.** Qui ne peuvent y croire.

*Je n'ai pas cru*
*Longtemps, longtemps*
*J'ai promené ce rêve avec moi*
*Sur la banquise et la toundra*
*Longtemps, longtemps*
*J'ai rêvé, imploré, nié, désespéré*
*Qu'un nouvel enfant trouve*
*Un chemin jusqu'à moi*

*Aujourd'hui l'enfant est là*
*Il va emprunter la même route que Hila*
*Il y a très longtemps*
*Quand j'étais une très jeune femme*

*Je me souviens encore*
*Comme l'enfant qui passe*
*Chatouille, chatouille*
*Les entrailles*

*Depuis que je sais qu'un enfant est là*
*Qu'un enfant va passer par moi*
*Je ris, je ris en secret*
*Je ris comme une brassée de palourdes*
*Qui roulent depuis les collines*
*Jusqu'aux galets lourds*
*Du rivage*

*Et depuis plusieurs lunes*
*Que le sang bat et reste en moi*
*J'ai l'impression que*

*Sous la banquise*
*La mer rit avec moi*

*Pour tout cela*
*Et pour le reste*
*Je dis merci à l'étranger*
*Qui a surgi un jour*
*Pour soigner Hila*
*Je dis merci*
*À mon gentil mari*
*Je dis merci à Naja*

## 90

Dans la grande maison, la nouvelle de ma grossesse a égayé le cœur de la nuit. L'ivresse polaire était déjà palpable avant, mais mon chant a libéré une joie plus grande encore – et un besoin d'union des corps. Sans que le meneur des jeux ait besoin de formuler quoi que ce soit, les lampes sont éteintes, des silhouettes commencent à s'étreindre. Lors de ces nuits-là, maris et femmes sont échangés de bonne grâce. On tâte de nouvelles peaux, on goûte d'autres chairs, on hume des plis et des creux inconnus. Les gorges roulent, les fesses glissent, les seins sautillent dans les paumes, les mains claquent dans les dos et sur les cuisses. C'est un moment où le groupe vit intensément et, parfois, des enfants longtemps attendus naissent de ces nuits-là.

Mais le mien, d'enfant, est déjà là, dans mon ventre, et c'est avec Naja que nous célébrons sa présence. Sa peau contre la mienne, sa joie vibrant dans ma caverne. Toutes les douleurs et toutes les peines sont loin, il n'existe plus rien – à part l'amour d'un couple de parents et celui de tout un clan, le désir ardent de survivre à l'hiver obscur et froid.

### *Chant de l'assassin*

*J'étais sur mon traîneau*
*Et mes chiens allaient bien*
*J'étais sur mon traîneau*
*Et je regardais la poudre au loin*
*Se lever en vagues blanches et légères*

*Nous étions quatre chasseurs*
*Partis du même endroit*
*Pour aller jusqu'à la Pointe-qui-est-comme-un-nez*
*Deux avaient choisi de longer une faille*
*Toi et moi l'avions dépassée*

*Soudain, tu as arrêté ton traîneau*
*Au milieu de rien*
*Tu as battu l'un de tes chiens*
*Et tu t'es posté près d'un trou de respiration*

*Pensais-tu qu'un phoque allait jaillir*
*Au milieu de rien ?*

*Je t'ai appelé d'un sifflet*
*Que le vent a dispersé*
*Puis je me suis avancé à petits pas*

*Je ne craignais pas d'effrayer*
*Le phoque que tu guettais*
*C'est ta vigilance que je craignais*

*Tu attendais qu'un phoque pointe son nez*
*Pour lancer ton harpon sur lui*
*Mais c'est le mien qui s'est planté*
*Dans ta chair palpitante*
*Sous ton omoplate d'abord*
*Sous ton aisselle ensuite*
*Glissant sur l'une de tes côtes*
*Et manquant ton cœur de peu*

*C'était lâche bien sûr*
*Mais j'ai eu cette idée*
*En te voyant battre ton chien*
*Aussi fort que ta femme*
*Qui est pourtant bien gentille*

*C'est lâche bien sûr*
*Mais je ne regrette rien*
*Tant j'ai souvent eu de la peine*
*À te voir maltraiter la femme*
*Qui te chauffe et qui t'habille*
*Ta femme qui est habile*
*Et qui ne dit jamais rien –*
*Même quand tu entailles*
*La peau de son dos*
*Avec la pointe de ton couteau*

*Oui, j'ai essayé de te tuer*
*Et je ne le regrette pas*

*Mais devant tous je jure ce soir*
*Que je ne recommencerai pas*

*Tu ne mérites pas plus de vivre maintenant*
*Qu'avant ce jour où j'ai tâché de te tuer*
*Mais puisque Uqsuralik est grosse*
*Je ne veux pas que tu reviennes*
*Sous les traits d'un autre humain*

*Dont on ne se méfiera pas*

*Tel que tu es, lâche, laid, vieux et méchant*
*Tu es moins dangereux qu'un bébé*
*Dont on ne saura pas ce qu'il deviendra*
*Dont on oubliera qu'il était malfaisant*
*Dans sa vie d'autrefois*

*Aussi vas-tu continuer à vivre*
*Ta misérable vie*
*Que je te souhaite aussi joyeuse*
*Qu'une longue famine*
*Ai ! J'ai dit*

## 91

Les fêtes d'hiver ont pris fin avec le chant de cet homme et la révélation du sort misérable de notre voisine. Certains ont en eux une brutalité absurde dont ils affligent les autres sans que, souvent, personne ne s'y oppose. Cette fois, un homme a décidé de faire justice en vengeant cette femme. La tentative d'assassinat a échoué, mais il est entendu que notre voisin blessé va finir de se remettre, puis qu'il quittera le camp avant nous – laissant sa femme derrière lui. Cela ne veut pas dire qu'elle sera à l'abri pour toujours, ni plus que l'homme qui a cherché à la protéger, mais le groupe sera débarrassé pour un moment de cet individu mauvais. Ce sera à lui, ensuite, de montrer si sa nature lui permet de survivre seul comme un loup ou bien s'il souhaite un jour revenir pour agir autrement.

Nous devons maintenant songer à l'endroit vers lequel chacun partira dès que le jour aura vaincu la nuit. Certains rêvent de chasse à la baleine, d'autres se contentent de prédire une fructueuse pêche aux harengs. Il y aura aussi la poursuite des troupeaux de caribous, la récolte des baies et des œufs. De mon côté, je suis envahie par le sentiment que chaque saison sera la première.

Nous ne savons pas encore, Naja et moi, où nous établirons notre prochain campement, ni en quelle compagnie. Nous écoutons les propositions qui nous sont faites. Plusieurs familles aimeraient garder Naja auprès d'elles. D'autres redoutent sans le dire l'arrivée prochaine d'un enfant – qui réserve toujours quelque surprise, sans que l'on puisse savoir si elle est sera bonne ou mauvaise. J'attends le printemps sereinement – en regardant mon ventre grossir.

## 92

Nous sommes partis seuls finalement, pour nous installer au milieu d'un ensemble de lacs que l'on appelle Ceux-qui-font-comme-de-la-graisse-dans-l'eau. Autrefois, cet endroit était très fréquenté par les anciens, car le poisson y est abondant. Puis un jour, tous les hommes d'une même famille ont disparu tandis qu'ils pêchaient sur l'un des lacs. Ils ont sans doute été avalés par un poisson géant. Ceux qui ont voulu revenir depuis ont remarqué des mouvements anormaux à la surface de l'eau. On dit que c'est parce que ces malheureux se débattent encore dans l'estomac du poisson tapi au fond. Et que l'endroit sera plus dangereux encore quand les eaux ne bougeront plus, car alors cela voudra dire que le poisson a fini de digérer et qu'il a de nouveau faim.

Malgré tout, Naja pense que c'est un bon endroit pour nous. Le jour de notre arrivée, il a simplement jeté à l'eau une grosse brassée de capelans[1] séchés, pour apaiser l'appétit du poisson géant, ainsi que les âmes des disparus. Cela semble avoir suffi car, depuis, nous n'avons jamais rien vu ni entendu de bizarre. Nous profitons en toute quiétude d'une pêche abondante. Par endroits, les truites rouges se laissent même attraper à la main. Grâce à un filet aux mailles bien serrées, nous attrapons aussi des petites crevettes que l'on mange crues, les orteils dans l'eau. Je suis grosse, je suis énorme, mais la vie n'a jamais été si facile, si douce.

---

**1.** Petits poissons des mers arctiques.

## 93

Hier, lorsque je me suis réveillée, quelque chose dans l'air avait changé. Naja l'a senti aussi. Il a pris quelques affaires et il est parti. En le regardant s'éloigner du camp, je me disais : « Les troupeaux de caribous ne doivent pas être loin… Mon mari reviendra bientôt avec de la viande fraîche et de bons tendons[1] pour coudre cet hiver. » Pas un instant je n'ai craint l'isolement dans lequel il me laissait.

Nos premiers voisins se tiennent à plusieurs heures de marche en aval de la rivière que nous appelons Celle-qui-charrie-des-cailloux-rouges. Parfois, je me tiens au bord, et je pense à Hila. Ma fille est maintenant aussi grande que moi, elle a le visage tatoué. D'elle aussi, désormais, s'écoule périodiquement le sang qui fait de nous des creusets de vie. Je pense à Sauniq, dont la fille était vieille. Il semble qu'une vie passe vite.

Depuis que Naja a disparu à l'horizon, une brise tiède s'est levée. Elle plisse les eaux du lac. La lumière est en train de changer. Assise sur un rocher, je regarde mes chevilles plongées dans l'eau fraîche. J'écoute aussi le sang battre à mes oreilles. Des oiseaux passent au-dessus du lac en criant. Il fait chaud – c'est étrange.

### *Chant du vent et de l'orage*

*Nous sommes l'été*
*Nous sommes le Nord et le Sud*
*Nous sommes les vents violents*
*Qui soulevons la terre et l'eau*

---

**1.** Parties des muscles qui lui permettent de s'insérer à l'os. On conservait ceux des caribous pour les diviser en fils fins destinés à la couture.

*Nous sommes la chaleur et la fièvre*
*Nous sommes l'air vibrant dans la lumière*
*Nous sommes le sang qui coule*
*Dans tes veines et sous ta peau*

*Nous sommes des esprits puissants*
*Dans des corps encore débiles*[1]
*Que personne à part toi*
*Ne sent, ne palpe*
*Ni ne voit*

*Notre présence va tout emporter*
*Tout bouleverser*
*Nous allons briser les pierres*
*Transformer ta chair*
*Faire de toi un chemin*
*D'étoiles et de poussière*

*Tu seras toi-même*
*Et plus que toi-même*
*Tu ne t'appartiendras pas*
*Ton temps dépassera l'horizon*
*Tu sauras voyager en deçà*
*Et au-delà*
*Pour nourrir*
*Et pour guérir*
*Tu pourras aussi faire souffrir*

---

**1.** Faibles.

*Les liens ne pourront rien contre toi*
*Tu seras fluide et sensible*
*Aux choses qui échappent*
*Et qui écrasent aussi, parfois*

*Parmi tous tes esprits*
*Nous sommes les plus puissants*
*Nous sommes le Nord et le Sud*
*Nous sommes les vents violents*
*Qui soulevons la terre et l'eau*

*Nous sommes la chaleur et la fièvre*
*Nous sommes l'air vibrant dans la lumière*
*Nous sommes le sang qui coule*
*Dans tes veines et sous ta peau*

## 94

Un orage se prépare sur la toundra.

D'instant en instant, le soleil faiblit. Des nuages épais et noirs roulent dans le ciel. Ils sont forts, ils sont lourds – ils aimantent mon regard. On dirait que la voûte céleste a décidé de rejoindre la terre en se pliant et se repliant à l'infini. Mes entrailles elles-mêmes se serrent de plus en plus souvent autour de mon cœur.

Depuis le rocher sur lequel je me tiens, je regarde comment le vent travaille la surface de l'eau. À chaque rafale, le lac est strié d'un millier de griffes. À chaque nouvelle contraction, mes ongles creusent méthodiquement des sillons dans ma chair. Des gémissements semblables à ceux du vent commencent à sortir de ma gorge. Un éclair déchire enfin l'horizon, je pousse mon premier cri. Il est suivi d'un roulement de tonnerre – mes os frémissent.

Je voudrais inspirer pour reprendre mon souffle, mais le vent s'engouffre dans ma cage thoracique. Je suis secouée comme au cours d'un vol chamanique. Les rafales forcent mes côtes les unes après les autres. Je tombe de mon rocher – dans l'eau.

Je ne peux quand même pas accoucher au milieu des algues et des truites – alors je rampe. Je rampe sur la plage de graviers. De l'herbe pousse ici et là, je la prends entre mes doigts. Les muscles de mon ventre soulèvent régulièrement mes reins, le tonnerre roule de plus en plus près. La tête pendue entre les bras, je vois l'horizon se déchirer sous l'eau grise du lac. Entre mes cuisses, les montagnes disparaissent au loin, dans un voile bleuâtre. La pluie se met à tomber. D'abord à grosses gouttes éparses, puis de façon plus compacte. Mon corps ruisselle ; derrière moi, l'eau est agitée par le vent. Je crains d'être avalée par les langues du lac.

C'est alors que la foudre m'atteint. Ma tête verse de tous les côtés, je hurle l'orage qui est entré en moi. Mon corps brûle, mes oreilles ne sont plus qu'un énorme bourdon. Autour de moi, le jour et la nuit se confondent.

Mon corps se débat, mais je ne suis plus là, je ne suis plus moi-même – je livre combat à un ours. Avec un couteau, je fends l'air, ma peau cherche le contact de ses crocs et de ses griffes. Je fouis dans ses poils, sa fourrure me colle au visage.

Son corps s'ouvre enfin, la chaleur de son sang se répand sur moi – puis son poids. Je suis à terre – écrasée par l'ours. Mon souffle s'amenuise, la lumière se concentre en un point minuscule, puis disparaît. Je meurs ainsi – tranquille.

## 95

L'ours me réveille en me léchant les cuisses. Ses crocs sont une vingtaine de petits doigts mous qui me cherchent. J'ouvre les yeux pour l'apercevoir. La plage est lavée, le lac est apaisé. J'ai entre les jambes deux bébés – deux garçons mêlés.

## 96

Naja revient quelques heures plus tard, au moment où le soleil reparaît.

J'ai réussi à marcher depuis la rive du lac jusqu'à notre tente en emportant mes nouveau-nés. Je suis à demi allongée sur des peaux roulées en tas, un enfant dans chaque bras. Naja s'avance au loin, dans son anorak blanc. Je le vois par intermittence, au gré de la brise qui soulève de temps à autre la peau nous servant de porte. L'univers entier me paraît apaisé. Le souffle régulier de mes deux garçons est la preuve qu'on survit à l'orage. L'un et l'autre tètent avec la même ferveur. J'attends tranquillement de les présenter à leur père.

Naja entre en tenant quelque chose à la main. Ce sont les délivres[1] abandonnés sur la plage de graviers. Il a pris soin de les envelopper dans

1. Placenta et matières expulsées lors de l'accouchement.

une peau de perdrix, mais les deux cordons dépassent. Avant même de s'approcher des enfants, il en tranche deux fragments, qu'il enfouit sous sa poitrine. Puis, il en tranche deux autres, qu'il introduit séparément dans deux sachets de cuir. Dans chacun, il ajoute une dent de caribou sculptée et un éclat de corne de je ne sais quel animal. Puis il les noue à un lacet. Alors seulement, il s'approche de ses fils. Il passe ces amulettes à leurs poitrines d'oiseaux, avant de les réinstaller tous deux au creux de mes bras. Les garçons pointent sur lui de petits yeux curieux, un peu ahuris, Naja sourit – il a l'air heureux.

***Chant de Naja***

*Je viens de loin*
*Je viens de l'autre côté de la grande baie*
*Qu'on appelle Baffin*

*Là-bas j'avais une famille*
*Deux femmes et huit chiens*
*Une grande réputation*
*De chasseur et de chamane*

*Un matin, j'ai vu passer au loin*
*Un béluga au dos d'argent*
*Je l'ai suivi le long du rivage*
*Je l'ai suivi longtemps*

*Un hiver est passé*
*Je l'ai revu au printemps*
*Il était accompagné d'une femelle blanche*
*Je les ai suivis le long du rivage*

## De pierre et d'os

*Je les ai suivis longtemps*

*Un hiver est passé encore*
*Et ils sont revenus*
*Un petit nageait dans leur sillage*
*Je les ai suivis le long du rivage*
*Je les ai suivis longtemps*

*Mais au printemps suivant*
*Ils n'étaient plus là*
*Je ne pensais qu'à eux*
*À leurs dos d'argent*
*Alors j'ai pris mon kayak*
*Et je les ai cherchés longtemps*

*Mon clan me trouvait bizarre*
*Mes deux femmes ont pris des amants*
*Je m'en fichais –*
*Je cherchais trois bélugas blancs*

*En les retrouvant finalement*
*Au large d'une île couverte d'oiseaux*
*J'aurais dû les chasser*
*Pour ma famille et pour mon clan –*
*Je n'en ai rien fait*
*J'ai regardé par où ils partaient*
*Et je suis retourné au camp*

*L'hiver est arrivé*
*Je ne chassais plus*

*Je n'étais plus rien*
*Mes femmes pensaient*
*Qu'un esprit avait pris mes jambes*
*Mon pantalon et tout ce qu'il y avait dedans*

*Puis un matin, j'ai attelé mes chiens*
*Avec eux, j'ai couru jusqu'aux eaux libres*
*Jusqu'à l'endroit où la banquise se brise*
*Et j'ai dérivé dans la nuit*
*Pendant je ne sais combien de temps*

*Je n'ai jamais revu ma famille*
*Ni celle des bélugas blancs*
*À la place, j'ai trouvé une jeune femme*
*Au caractère d'Ours et au nom d'Hermine*
*Elle cherchait à soigner sa fille*
*J'ai rejoint leur camp*

*En rêve elles me sont apparues*
*Comme deux baleines blanches*
*Mon maître esprit a dit :*
*« Conduis ces femmes jusqu'à leurs connaissances »*

*J'ai tatoué la fille*
*Qui porte un Corbeau en elle*
*J'ai embrassé la femme*
*Qui a soif de visions et de chants*
*Même si ce n'est pas grand-chose*
*Je lui ai appris tout ce que je sais*
*Ses esprits sont puissants*

*Et voilà qu'aujourd'hui*
*En retour elle me donne*
*Ce que je pensais ne jamais recevoir*
*Deux enfants, deux fils, deux chasseurs*
*Qu'elle a fabriqués dans le secret de son ventre*

*C'est pour cela qu'au début j'ai eu peur*
*Je n'y croyais pas, je n'entendais pas ces enfants*
*Je craignais qu'elle ne porte en elle*
*Le terrible Oungatortok*
*Ce bébé tout blanc*
*Qui vient aux femmes qui le réclament*
*Au mauvais moment*
*Ses gémissements rendent fous*
*Et on meurt à son contact*
*Par simple frottement*

*C'est pour cela qu'au début j'ai eu peur*
*Je n'y croyais pas, je n'entendais pas ces enfants*
*Au moment où elle allait accoucher de son secret*
*Je suis parti chasser le caribou*
*J'ai entendu l'orage au loin*
*J'ai vu la foudre frapper le lac –*
*Des voix terribles parvenaient jusqu'à moi*

*Pour une fois, ce n'étaient pas mes esprits qui grondaient*
*Ce n'était pas par mon corps qu'ils passaient*
*Ils étaient attirés par la foudre et l'orage*
*Qui grondaient au-dessus du lac où trempait*
*La femme au caractère d'Ours et au nom d'Hermine*

*Alors j'ai sculpté des dents de caribous*
*L'une en forme de poisson de rivière*
*L'autre en flèche de harpon*
*Je ne savais pas encore pourquoi ni pour qui*
*Mais lorsque je suis revenu vers le camp*
*Vers la femme au caractère d'Ours*
*Et au nom d'Hermine*
*Deux enfants étaient là, deux fils, deux chasseurs*
*Deux garçons aussi clairs et délicats que des glaçons*

*Eux et leur mère Uqsuralik*
*Sont les trois bélugas blancs*
*Que j'avais perdus pendant longtemps*

*Mes fils viennent d'un pays*
*Que je ne connais pas*
*Que je n'atteindrai jamais*
*Mais ici, sur la terre, sur la glace et en mer*
*Ils auront besoin de moi – je suis leur père*

## ÉPILOGUE

Mes garçons portent plusieurs noms. Celui de mon père – Nanok – et celui du père de Naja – Amaqjuat. Ils portent aussi le nom de mes deux mères – Sanaaq et Sauniq – ainsi que celui de ma sœur et de mon frère – Navarana et Quppersimaan. Au quotidien, je les appelais « mon père », « ma mère ». Pour leur sœur Hila, ils étaient « ma fille » et « mon grand-père ». Naja les appelait simplement « fils » – car c'était, selon lui, le plus beau nom.

Aujourd'hui, ils sont vieux, leurs enfants ont des enfants que, naturellement, je ne connais pas.

Après avoir beaucoup voyagé, jusqu'à la terre natale de Naja, puis au-delà, dans un pays qui, plus qu'aucun autre, m'a semblé mien parce qu'il est englouti – et que certains appellent Béringie – Naja et moi avons passé la dernière frontière il y a longtemps déjà. Plus de « Groenland », de « Canada », ni de « Sibérie », comme ils disent – nous nous tenons sereins au pays des morts. Nous n'y manquons de rien, car tous nos besoins se sont éteints.

Je vis avec Naja cette retraite étrange des chamanes – cherchés et craints pendant leur vie, incolores après leur mort. Les esprits nous connaissent et nous ignorent. L'au-delà est bien plus étonnant pour ceux qui, de leur vivant, n'ont rien vu d'autre que des humains sur terre, sur glace ou sur mer.

De mon temps, ces innocents étaient rares. Maintenant, leur nombre tend à grandir : des hommes blancs sévères, aux sourcils épais, sont venus jusqu'à notre territoire. Ils ont changé les habitudes et les jugements de nos enfants. Je ne les ai pas connus, mais on m'a raconté comme ils étaient certains de savoir ce qui était bon pour nous. Ils ont voulu faire passer les chamanes pour des menteurs et ils nous ont donné honte d'avoir cru si longtemps à leurs histoires. Les Blancs sont aveuglés par la poudre quand il neige, mais ils savent mieux que nous d'où viennent les bruits, le gibier et le vent.

Sauf que sans nous, ils se perdent. Dans le grand blanc d'ici, et même dans leur pays. Ils viennent, ils s'imprègnent – et puis un jour, ils repartent et s'enfouissent dans leur terre lointaine. Ils noircissent des milliers de pages à notre propos, farcissent des enveloppes de peau avec nos histoires, que d'autres reprennent pour leur propre gloire, sans avoir jamais posé un pied sur Nuna – notre territoire. Ces gens habitent et colonisent un imaginaire qui ne leur appartient pas.

Mais la vieille femme que je suis ne se fait pas de souci. Nos esprits les hantent, notre civilisation les fascine. Nous allons les prendre par la racine. Durant ma longue vie d'Inuit, j'ai appris que le pouvoir est quelque chose de silencieux. Quelque chose que l'on reçoit et qui – comme les chants, les enfants – nous traverse. Et qu'on doit ensuite laisser courir.

Il m'est arrivé souvent de capituler. Devant le temps qui passe et celui qu'il fait. Il m'est arrivé d'enfouir mon identité de chamane. Soit parce que d'autres suffisaient à la tâche, soit parce que j'étais fatiguée de combattre. Les esprits m'ont parfois quittée, délaissée, abandonnée. J'ai attendu. J'ai attendu longtemps. Chaque fois, ils sont revenus. Jusqu'au jour où ils m'ont emportée.

J'étais vieille, j'étais faible – certains, dans mon clan, ne me trouvaient plus assez vaillante. J'ai demandé, lors d'un déplacement entre deux camps, qu'on me laisse près d'une pierre. Ce fut fait – avec soulagement. Naja était mort depuis longtemps, mes enfants étaient déjà vieux – ils marcheraient mieux sans moi. Je me suis endormie dans le froid, les oreilles pleines de vent, les yeux pleins de cristaux.

Tout aurait pu s'arrêter là. Mais je ne sais pas pourquoi, un neveu un peu dérangé est revenu la nuit sur ses pas. Il m'a découpée en morceaux et dispersée sous les pierres, dans les crevasses. Il est reparti en titubant de joie. Probablement avais-je un jour fait quelque chose qui ne lui plaisait pas.

Tout aurait pu s'arrêter là, mais durant le reste de cette nuit-là – qui était longue de plusieurs mois – deux vents contraires ont soufflé sur moi. Je n'avais rien connu d'aussi puissant depuis l'orage qui avait provoqué la naissance de mes fils. Ils ont soufflé très fort, sans relâche. Petit à petit, mes morceaux se sont trouvés rassemblés.

Tout aurait pu s'arrêter là, sur mon cadavre découpé, reconstitué, mais les vents n'en avaient pas fini. À l'aube du printemps, ils ont appelé leurs enfants, qui ont soufflé des quatre directions. Mon corps reformé s'est asséché – puis pétrifié.

C'est ainsi qu'on me voit maintenant, depuis la côte en hiver, depuis les lacs en été – la femme de pierre, *inukshuk* à jamais dressé sur l'horizon de la toundra tour à tour fleurie et glacée. Regardez-moi, si vous passez par là : je vous surveille. La femme de pierre au caractère d'ours, au nom d'hermine. La femme de pierre – Uqsuralik.

*An Eternity Of Standing In The Silence*,
huile sur toile de Ken Kirkby représentant un inukshuk.

# Après-texte

# PREMIÈRE PARTIE : « LA BANQUISE S'EST BRISÉE »

## Lire

**Le voyage et l'aventure : pourquoi aller vers l'inconnu ?**

**1** Déterminez, en relevant des indices, qui est le narrateur, et quel point de vue est employé dans ce récit.

**2** Racontez l'enchaînement des événements qui déclenchent l'aventure d'Uqsuralik, aux chapitres 1 et 2.

**3** Commentez les objets lancés par son père à Uqsuralik, au chapitre 2.

**4** Quels dangers (personnages, météorologie) Uqsuralik court-elle ? Sur qui peut-elle compter ?

**Avec autrui : famille, amis, réseaux**

**5** Pourquoi la séparation d'Uqsuralik avec sa famille peut-elle être interprétée comme la fin de l'enfance pour la jeune fille ?

**6** « Je repousse cette image de toutes mes forces » (p. 13, l. 22-23) ; « en m'efforçant de ne penser à rien » (p. 15, l. 22-23) : expliquez ce comportement de l'héroïne.

**7** Chapitres 11 à 13 : montrez que le Vieux agit mal vis-à-vis d'Uqsuralik. Pourquoi l'héroïne parle-t-elle d'une « étrange amitié » (p. 31, l. 18) entre elle et la veuve ?

**8** Chapitres 16 à 19 : qu'est-ce qui lie Uqsuralik à Tulukaraq ? Que s'apportent-ils mutuellement ?

**9** Au chapitre 20, comment évolue la relation entre l'héroïne et Tulukaraq ?

**La fiction pour interroger le réel**

**10** De quelle manière les esprits évoqués changent-ils la perception du monde d'Uqsuralik ?

**11** Quel rôle joue le géant dans les chapitres 9, 10 et 15 ?

**12** Chapitre 19 : montrez que les noms des personnages et les paysages transforment la réalité.

**13** Qu'est-ce qu'un « *tupilak* » (p. 44, l. 3) ? Écoutez le « Chant de Tulukaraq » (p. 43) et expliquez sa mort.

**Visions poétiques du monde**

**14** Relevez et commentez les comparaisons du chapitre 1.

**15** Observez les chants de cette partie (p. 19, 21-22, 33-34) et dites en quoi ils offrent une vision poétique du monde.

**Étude de la langue**

**16** Dans le chapitre 4, relevez les douze participes passés et expliquez leur accord.

**17** P. 37-38, l. 53-59 : récrivez ce passage en remplaçant « le phoque » par « les phoques » et en conjuguant les verbes au passé composé.

## Écrire

**18** Sur le modèle du « Chant du père » (p. 19), écrivez le « Chant d'Uqsuralik », relatant les premiers jours sans sa famille.

**19** Imaginez que la mère d'Uqsuralik raconte les jours qui ont suivi la disparition de sa fille : ses sentiments, ses craintes, ses espoirs, mais aussi la vie de la famille qui continue dans une nature hostile.

# Chercher

**20** P. 19, l. 62 : recherchez qui est la déesse Sedna.

**21** Cherchez des images du mode de vie des Inuit et légendez-les au moyen d'extraits du roman de Bérengère Cournut.

# Oral

**22** Uqsuralik est-elle une victime ou une héroïne ? Débattez.

**23** Lisez à voix haute le chapitre 4, en mettant en valeur les dangers qui entourent Uqsuralik et la résistance dont elle fait preuve.

À SAVOIR

## LE TEXTE NARRATIF : NARRATEUR ET POINT DE VUE

Dans un récit, on distingue généralement l'auteur du texte et le **narrateur** de l'histoire. C'est par ce dernier que le lecteur accède aux informations liées aux actions, aux décors, aux pensées et émotions des personnages.

Le narrateur peut être un **personnage de l'histoire** qu'il raconte **ou ne pas en faire partie.** Dans *De pierre et d'os*, la narratrice, Uqsuralik, est l'un des personnages.

Le récit est mené selon un **point de vue**, c'est-à-dire une **manière de voir l'action**, plus ou moins limité :

– le **point de vue externe** : le narrateur se contente d'enregistrer et de **consigner les faits et les dialogues**, sans possibilité d'analyser les sentiments ou les pensées des personnages (il en sait moins qu'eux) ;

– le **point de vue omniscient** : le narrateur **sait tout**, il a accès aux pensées, émotions, perceptions, au passé, présent et futur de tous les personnages ; il en sait plus qu'eux et domine tous les faits du récit ;

– le **point de vue interne** : le narrateur narre l'action à travers les **perceptions**, les **pensées**, les **émotions**, les sensations d'un personnage. C'est le point de vue adopté par Bérengère Cournut dans son roman. On reconnaît facilement ce point de vue à l'utilisation du pronom « je », mais il est possible de trouver ce point de vue avec le pronom « il ».

# DEUXIÈME PARTIE : « IL EST DOUX D'ÊTRE AINSI ACCUEILLIE [...] PAR UNE FAMILLE »

## Lire

### Le voyage et l'aventure : pourquoi aller vers l'inconnu ?

**1** Dressez la liste des péripéties de la deuxième partie.

**2** Sur quels adjuvants (cf. encadré « À savoir » page ci-contre) l'héroïne peut-elle compter ?

**3** Chapitre 27 : à quelles occupations Uqsuralik s'adonne-t-elle ?

**4** P. 52, l. 9-10 : « je dois rejoindre un groupe humain ». Expliquez les raisons de la quête de l'héroïne et les conséquences d'un possible échec.

**5** Chapitre 37 : quelles coutumes Uqsuralik découvre-t-elle au moment de la naissance de son enfant ?

### Avec autrui : famille, amis, réseaux

**6** P. 50, l. 11-13 : expliquez l'impression d'Uqsuralik.

**7** P. 55 : faites la liste des interdits imposés par Pukajaak. Complétez-la en relisant les chapitres 33 et 35.

**8** Quelles relations le groupe entretient-il avec le Vieux ?

**9** Qu'apprend Uqsuralik au chapitre 38 ?

**10** P. 75, l. 11 : « nous sommes un cycle de vie à nous trois ». Expliquez les liens qui unissent désormais les personnages de ce cycle entre eux.

### La fiction pour interroger le réel

**11** Expliquez le questionnement d'Uqsuralik, au chapitre 24 (p. 47) : « Serais-je en train de basculer dans le monde des esprits ? »

**12** Chapitres 23 à 26 : de quelle manière le monde qui entoure l'héroïne est-il animé par les esprits ?

**13** Montrez qu'il existe plusieurs hypothèses à propos de la conception de l'enfant d'Uqsuralik et que l'héroïne elle-même s'interroge à ce sujet.

**14** Chapitres 35 et 37 : quel rapprochement est établi entre le monde extérieur et le monde intérieur que constitue le ventre d'Uqsuralik ?

### Visions poétiques du monde

**15** Chapitres 31 et 32 : qui est Neqqajaaq ? Quelle figure de style est employée pour le désigner ? Inventez un paragraphe dans lequel cette figure de style sera développée.

**16** P. 60, l. 19-21 : expliquez la présence symbolique du corbeau.

### Étude de la langue

**17** Chapitre 24 : relevez et identifiez trois moyens d'exprimer l'opposition. Recherchez, dans les chapitres 23 et 25, un moyen d'exprimer la cause, le but et la condition.

**18** Chapitres 23 à 25 : relevez et classez les adverbes de temps et de manière.

## Écrire

**19** P. 46, l. 18-19 : « Qu'il est donc difficile d'être seule – sans père, sans époux, sans famille. Sans raison de vivre, finalement. » Pensez-vous, comme Uqsuralik, qu'on souffre de la solitude ou, au contraire, qu'elle soit nécessaire et profitable ? Organisez en paragraphes une réponse développée.

**20** Chapitre 29, p. 53, l. 10 : écrivez un dialogue entre Uqsuralik et son oncle, au moment où ils se rencontrent.

## Chercher

**21** Recherchez des images représentant : un *inukshuk*, un *ulu*, un *aglu*, un *tupilak*, un *umiak* et un *amauti* (cf. présentation p. 6).

## Oral

**22** La deuxième partie donne à imaginer au lecteur différents paysages : quel est celui que vous avez préféré ? Pourquoi ?

**23** P. 48-49 : lisez à plusieurs et de manière expressive le « Chant des petites personnes ».

À SAVOIR

### LE TEXTE NARRATIF : CHRONOLOGIE, RYTHME ET SCHÉMA ACTANCIEL

Quand **un récit suit l'ordre chronologique des actions**, il est dit **« linéaire »**. Mais la plupart des narrations connaissent des **perturbations de la chronologie**, sous la forme de **retours en arrière** ou **d'anticipations**.

La narration suit également **son propre rythme**, mesurable par la différence entre le temps de l'histoire et le temps de la narration. On peut ainsi **ralentir** la fiction : par une **pause** (descriptive, explicative) ou par une **scène** (développement d'un dialogue qui épouse le temps vécu par les personnages). L'**accélération** d'un récit est également possible : une **ellipse** effectue un saut dans le temps ; un **sommaire** résume l'histoire en quelques actions.

Dans un récit, on peut **analyser les relations qu'entretiennent les personnages** entre eux au moyen du **schéma actanciel**. Le personnage principal (le **sujet**) poursuit un but, une quête (l'**objet**). Pour cela, il est aidé par des personnages (les **adjuvants**) ou empêché par d'autres (les **opposants**).

# Lire

**Le voyage et l'aventure : pourquoi aller vers l'inconnu ?**

**1** Chapitres 43 à 46 : relevez et commentez les différents noms des lieux.

**2** P. 79 et p. 81-82 : quelles sont les craintes d'Uqsuralik ?

**3** Chapitres 46 à 49 : à quelle épreuve Uqsuralik doit-elle être confrontée ?

**4** Quelle aventure est racontée par Qalliutuuq au chapitre 56 ? Trouvez une phrase du chapitre 57 qui explicite la fin de son récit.

**Avec autrui : famille, amis, réseaux**

**5** P. 77, l. 4 : « Tu te souviens, petite mère ? » Expliquez le sens de cette question de Sauniq à Hila, sa petite-fille.

**6** Quel personnage fait son apparition au chapitre 54 ? De quelle manière est-il lié à la famille de Sauniq ?

**7** Chapitres 50 à 61 : comment le Vieux est-il peu à peu mis à l'écart par le groupe ?

**8** P. 103, l. 55 : pourquoi la chanson du frère du Vieux est-elle qualifiée de « douce et cruelle » ? Qu'y apprend-on ?

**9** Comment le Vieux se défend-il au chapitre 59 ? Que lui arrive-t-il à la fin du chapitre 61 ?

**La fiction pour interroger le réel**

**10** Commentez la présence du fantastique dans cette troisième partie.

**11** Que nous apprend le rêve d'Uqsuralik au chapitre 57 ?

**Visions poétiques du monde**

**12** P. 80-81 : qu'annonce le « Chant de l'esprit céleste » au sujet d'Uqsuralik ? Comment cela se manifeste-t-il, au chapitre 46 ?

**13** P. 92-93 : de quelle manière le « Chant du renard arctique » permet-il de comprendre ce qui s'est passé pour Uqsuralik dans les chapitres précédents ?

**Étude de la langue**

**14** P. 95, l. 1-11 : relevez et identifiez (nature et fonction) les expansions du nom dans ce passage.

**15** Chapitre 46, p. 81-83 : identifiez le mode, le temps et la voix des verbes suivants : « ai », « pourrais » (l. 1), « est protégée » (l. 4), « naviguais » (l. 9), « a demandé » (l. 10), « pourrai » (l. 11), « dévores » (l. 17), « seras laissée » (l. 22), « tentes » (l. 40), « empilant » (l. 45), « en regardant » (l. 47).

**16** P. 79-80, l. 29-36 : récrivez ce passage au plus-que-parfait de l'indicatif et en remplaçant « un corbeau » par « deux corbeaux ».

# Écrire

**17** Chapitre 50 : imaginez le dialogue entre un membre du groupe et Pilarngaq, la femme-vent, afin de la faire renoncer à souffler. Exprimez au moins deux arguments.

**18** En vous appuyant sur les données du rêve d'Uqsuralik (p. 100, l. 17-31), écrivez le « Chant de Quppersimaan » racontant comment il a été assassiné.

**19** P. 103, l. 46 : « Mais mon rêve, mon rêve toujours à moi ». Participant à la veillée du chapitre 58, vous vous présentez au groupe que vous avez rejoint par un chant de quelques vers servant à raconter qui vous êtes et quel est votre rêve.

# Oral

**20** Mettez en voix l'exercice d'écriture de la question 17.

**21** Lisez à voix haute ou récitez le « Chant du renard arctique » (p. 92-93).

À SAVOIR

## LES EXPANSIONS DU NOM

**Le nom, qui sert à nommer une chose, une personne, une idée, est parfois insuffisant s'il est employé seul, et nécessite d'être développé au moyen d'outils qu'on appelle « expansions du nom ». Ces outils, au nombre de trois, sont indispensables dans le texte descriptif.**

– **L'adjectif qualificatif épithète** apporte des précisions (de couleur, de taille, de forme, etc.) sur le nom : « sur mes jambes fragiles », « la maison commune », « ma vieille peau d'ours ».

– Le **groupe nominal prépositionnel** est un GN introduit par une préposition (*à, de, sans, en*...) : « La grande maison d'hiver », « l'abri en ruine », « l'homme au capuchon ». Sa fonction est **complément du nom.**

– La **proposition subordonnée relative** est une proposition introduite par un **pronom relatif** (*qui, que, quoi, dont, où, lequel*...) renvoyant à un mot de la proposition principale appelé l'antécédent. Elle a pour fonction de compléter un nom (ou un pronom) : « Je me suis glissée par l'entrée, qui n'était encore fermée que par une peau d'ours tendue », « j'ai repéré l'endroit où dormaient Sauniq et Hila », « ils ont construit leur propre maison, de laquelle les femmes sortent peu ».

# QUATRIÈME PARTIE :

# « JE TE LAISSE CHACUN DE MES POUVOIRS »

## Lire

**Le voyage et l'aventure : pourquoi aller vers l'inconnu ?**

**1** Chapitre 64 : racontez la rencontre entre Uqsuralik et l'homme. Quel rôle joue-t-il ensuite auprès de l'héroïne et qu'apprend-on sur lui dans la suite de la quatrième partie ?

**2** Montrez que le chapitre 65 est un récit d'aventure.

**3** Chapitres 67 à 73 : de quels « voyages » est-il question pour Naja et Uqsuralik ?

**Avec autrui : famille, amis, réseaux**

**4** Chapitre 62 : de quelle manière Uqsuralik évoque-t-elle la famille : celle qu'elle a perdue, celle qu'elle a construite, celles qu'elle aurait pu avoir ?

**5** P. 128-130 : pourquoi peut-on dire que le « Chant de Sauniq à Hila » est un chant d'adieu ?

**6** P. 132-133 : comment Sauniq a-t-elle préparé son départ ?

**7** P. 134-136 : qu'apprend-on sur les trois femmes de la famille dans le « Chant de Sauniq à Uqsuralik » ?

**La fiction pour interroger le réel**

**8** Chapitres 62 et 64 : qu'y a-t-il de magique dans les apparitions du « renard blanc » ?

**9** P. 114, l. 20-25, et p. 118, l. 10-15 : que peut-on dire de la communication à distance entre la mère et la fille ? Chapitre 69, que comprend-on du rôle joué par le *tarniq* de Hila ?

**Visions poétiques du monde**

**10** Expliquez la poésie de l'initiation d'Uqsuralik, au chapitre 73.

**11** Chapitres 75 à 80 : montrez la force des signes, des symboles et des tabous autour de la mort de Sauniq.

**Étude de la langue**

**12** P. 122, l. 6-11 : dites, pour chacune des cinq phrases, si elle est simple ou complexe, puis repérez par des crochets les différentes propositions, indiquez leur nature et précisez de quelle manière elles sont enchaînées (coordination, juxtaposition, subordination).

**13** P. 140, l. 35-45 : identifiez les types et formes de phrases dans ce passage.

**14** Identifiez les figures de style dans les passages suivants : le « pays où l'on n'a jamais faim » (p. 111, l. 17), « semblables à des os qui claquent les uns contre les autres » (p. 121, l. 23), « poignards aiguisés » (p. 130, l. 5), « le vent hurlait » (p. 130, l. 7).

## Écrire

**15** Inventez un « Chant du chamane » (p. 121-122) dans lequel les mots changeront de nature, de sens, où les noms seront conjugués, les verbes inventés. Trouvez dans le dictionnaire des mots que vous ne connaissez pas et substituez-les à ceux du texte.

## Chercher

**16** p. 111, l. 4-5 : cherchez la nouvelle de Guy de Maupassant intitulée « Le papa de Simon » et rapprochez-la de la mésaventure de Hila.

**17** P. 127, l. 1-11 : établissez l'arbre généalogique d'Uqsuralik. Appuyez-vous sur l'ensemble du roman pour le compléter.

## Oral

**18** Chapitre 68 : lisez à voix haute le « Chant du chamane » (p. 121-122), puis mettez en voix votre propre création (question 15).

À SAVOIR

### PHRASE SIMPLE, PHRASE COMPLEXE, PROPOSITIONS

La **phrase simple** ne contient qu'**une seule proposition**, c'est-à-dire qu'elle ne possède qu'**un seul verbe conjugué**. Ex. : [C'est le septième été de Hila.]

La **phrase complexe**, elle, se définit par la présence de **plusieurs verbes conjugués**, donc de **plusieurs propositions**. Il existe trois façons de relier les propositions entre elles :
– la **juxtaposition**, par un signe de ponctuation (virgule, point-virgule, deux-points) ; ex. : [L'hiver est jeune], [il ne fait pas encore très froid.] ;
– la **coordination**, par une conjonction de coordination (*mais, ou, et, donc, or, ni, car*) ou un adverbe (*puis, alors...*) ; ex. : [Il me regarde quelques secondes], [puis il s'en va.] ; [Sauniq reste avec elle] [et lui chante des chansons.] ;
– la **subordination** : une **conjonction de subordination** (*que, bien que, parce que, si...*), un **pronom relatif** (*qui, que, quoi, dont, où, lequel...*) ou un **mot interrogatif** (*combien, quand, quel, qui...*) assurent la liaison entre deux propositions, l'une appelée « **proposition principale** » (PP) et l'autre, dépendant de la première, « **proposition subordonnée** » (PS). Ex. : [Elle dit] *(PP)* [qu'elle est fatiguée.] *(PS)*

On distingue principalement **quatre propositions subordonnées** : la proposition subordonnée **relative**, la proposition subordonnée **conjonctive complétive**, la proposition subordonnée **conjonctive circonstancielle** et la proposition subordonnée (conjonctive) **interrogative indirecte**.

# Lire

**Le voyage et l'aventure : pourquoi aller vers l'inconnu ?**

**1** Que raconte le « Chant de l'assassin » (p. 154-156) ? Complétez les informations avec celles des chapitres 87 et 91.

**2** P. 157, l. 12-16 : que révèle ce passage sur les membres du groupe ?

**3** P. 164-168 : montrez que le « Chant de Naja » parle d'un voyage vers l'inconnu guidé par le destin.

**4** Épilogue, l. 10-15 : de quels voyages est-il question ?

**5** Dans l'épilogue, de quelle manière parle-t-on des aventuriers venus d'ailleurs ?

**Avec autrui : famille, amis, réseaux**

**6** P. 143, l. 1-9 : reformulez, en les explicitant, les informations de ce passage.

**7** P. 151, l. 26 : expliquez le « silence étonné » qui se fait dans la maison de fête.

**8** P. 164-168 : qu'apprend-on sur la famille de Naja dans son « Chant » ?

**La fiction pour interroger le réel**

**9** Chapitres 83 et 84 : expliquez comment Uqsuralik devient peu à peu chamane.

**10** Quels sont les pouvoirs d'un chamane selon le « Chant du vent et de l'orage » (p. 159-161) ?

**11** Épilogue : montrez que la mort d'Uqsuralik est à la fois réelle et surnaturelle, et qu'elle relève du conte étiologique (qui explique l'origine d'un élément de notre monde).

**Visions poétiques du monde**

**12** Chapitre 82 : commentez la symbolique de l'*amauti*.

**13** P. 148, l. 1-4 : montrez que l'état d'esprit d'Uqsuralik se reflète dans le paysage.

**14** Chapitres 94 et 95 : comment le monde extérieur et le monde intérieur d'Uqsuralik se conjuguent-ils au moment de la naissance des enfants de l'héroïne ?

**Étude de la langue**

**15** Qui est « la femme au caractère d'Ours et au nom d'Hermine » (p. 167, l. 114) ? Inventez d'autres périphrases pour les personnages du roman (Hila, Sauniq, Naja, Tulukaraq, le Vieux, etc.).

**16** P. 171, l. 55, 60, 65 : « Tout aurait pu s'arrêter là ». Commentez cette répétition.

**17** P. 161-162, l. 8-13 : analysez les fonctions dans les phrases de ce passage.

**18** P. 162, l. 28-35 : récrivez ce passage en remplaçant « je » par « elle ».

## Écrire

**19** Au chapitre 85, Hila prend la décision de se faire tatouer le visage. Imaginez le dialogue argumentatif entre elle, Naja et Pukajaak.

**20** P. 158, écrivez la légende du poisson géant des « lacs que l'on appelle Ceux-qui-font-comme-de-la-graisse-dans-l'eau ».

## Chercher

**21** Recherchez des légendes ou des contes sur des créatures lacustres. Vous illustrerez votre recherche par une image légendée.

## Oral

**22** Lisez à voix haute, à la manière d'un conteur, la légende écrite à la question 20.

**23** Dans l'ensemble du roman, quel est le « Chant » que vous avez préféré ? Présentez-le, expliquez votre choix et lisez-en un passage choisi.

À SAVOIR

### HÉROÏNES DE ROMANS

**Principal personnage féminin** du récit, Uqsuralik fait preuve, à divers endroits du texte, de **qualités exceptionnelles** : elle est donc doublement une **héroïne de roman**. Dans les premiers chapitres, elle affronte seule la faim et le froid, luttant pour sa survie, faisant preuve de **courage et de force, morale ou physique**. Mais les expériences d'Uqsuralik sont aussi celles de nombreuses femmes, affrontant la dangerosité de certains hommes. Le destin d'Uqsuralik, femme et chamane, permet au lecteur de **s'identifier aux valeurs morales et physiques** de cette héroïne. Ce n'est qu'au XVIII^e^ siècle que la littérature voit émerger des héroïnes (*Manon Lescaut, Julie ou la Nouvelle Héloïse*). Un siècle plus tard, leur présence augmente dans le **roman européen**, qu'il soit **réaliste ou sentimental** (*Eugénie Grandet, Une vie, Consuelo, Anna Karénine, Jane Eyre, Emma*). Il est alors question de **montrer des destinées féminines**, comme celle de Célie Johnson dans *La Couleur pourpre*.

On retrouve des héroïnes dans les différents genres romanesques. **L'évolution de la société**, avec notamment **l'accès des filles à l'éducation**, a contribué, en multipliant les femmes écrivains, au développement d'une littérature qui n'oublie plus les femmes.

# GROUPEMENT : TEXTES ET IMAGE

## ESPRITS DU GRAND NORD

Bérengère Cournut, dans *De pierre et d'os*, donne à voir la société inuit dans toute sa dimension spirituelle : esprits et divinités, chamanisme, pouvoirs maléfiques des *tupilak*, rites et réincarnation sont évoqués pour montrer toute la puissance du sacré. Dans les documents suivants, explorateurs, romanciers et dessinateurs livrent leur témoignage ou leur vision de la spiritualité du Grand Nord.

### Paul-Émile Victor (1907-1995)

« Mes amis les Esquimaux », © Paul-Émile Victor / *Le Figaro*, 3 juillet 1954.

En 1934, l'explorateur fait la rencontre des Esquimaux et vit à leurs côtés pendant des années. Au cours de son existence, il organisera dix-sept expéditions au pôle Nord avant de se retirer en Polynésie.

**Il n'y a pas si longtemps de cela que vivait, sur la côte orientale du Groenland, un vieil Esquimau aux jambes paralysées. S'étant rendu compte qu'il n'était plus d'aucune utilité dans la communauté, il réunit ses enfants et ses petits-enfants et leur annonça qu'il se jetterait dans le fjord le lendemain matin. Le moment venu, le vieillard traînant ses jambes derrière lui, accompagné de tous les siens, descendit vers le bord de la petite falaise de glace qui tombait dans la mer encombrée de floes[1]. « Bientôt, lui disaient ses enfants, bientôt tu retrouveras tous tes parents et tes amis dans le domaine des morts : bientôt tu ne souffriras plus du froid, bientôt tu n'auras plus faim. »**

**Ayant dit au revoir à sa famille, le vieil homme, aidé de ses fils, se jeta à l'eau. [...]**

1. Morceaux de glace flottant sur la mer.

## Esprits du Grand Nord

Le suicide du vieillard sous l'œil attendri des siens est un acte d'esprit civique et de courage évidents, mais aussi de foi. Les Esquimaux croient en effet à la vie après la mort dans un pays qui ressemblerait au leur : le domaine des morts ; un pays où la vie serait éternellement douce et agréable, sans froids excessifs, sans faim, sans tristesse. Mourir n'est pour eux que le passage d'une demeure inconfortable à une autre contiguë, où la vie serait plus facile. Combien plus aisément nous résignerions-nous à la mort si notre foi était plus vive...

Chez les Esquimaux, supprimer les bouches inutiles était une nécessité biologique, disparue depuis que les blancs distribuent des vivres en cas de disette. Une nécessité absolue pour ces populations qui connaissent chaque année de longues périodes de faim et pour lesquelles la famine était circonstance courante. La vraie famine : celle au cours de laquelle on se nourrit de tout ce qui pourrait être comestible : les peaux de phoques qui couvrent le toit de la hutte, celles qui forment le peauage[1] des kayaks, et tous les vêtements de peaux qui ne sont pas absolument nécessaires ; celle au cours de laquelle les gens meurent de faim ; celle enfin qui nécessite pour que la famille survive – et l'instinct de survie est plus fort que toute morale – que l'on se nourrisse de la chair de ceux qui sont morts les premiers...

Dans des circonstances exactement semblables ne ferions-nous pas de même, tout « civilisés » que nous sommes ? Ce qui nous retiendrait ? Un certain sens de la chose interdite que les Esquimaux possédaient aussi. Mais en plus ils éprouvaient une terreur panique devant l'éventualité de voir l'âme du mort venir se venger.

Car les Esquimaux croient en l'âme. Ou plus exactement, ils croient que le corps humain est habité par un certain nombre d'âmes ; les âmes des articulations d'abord : chaque articulation est habitée par une petite âme qui, si elle quitte le corps, provoque douleur ou maladie. Le sha-

1. La couverture en peaux.

**mane[1] doit alors rechercher l'âme ou les âmes fugitives et les ramener dans le corps malade. L'âme de la vie enfin, ou âme-nom, qui loge à la base du cou, à peu près à l'emplacement de la glande thyroïde. Lorsque l'homme meurt, cette âme quitte le corps. Elle grelotte, perdue et sans maître jusqu'à ce qu'elle s'entende appelée de nouveau : un enfant naît, on lui murmure le nom dans l'oreille et l'âme vient se loger bien au chaud dans le petit corps tout neuf où elle restera si elle s'y trouve bien.**

QUESTIONS

**1.** Expliquez le suicide du vieillard.

**2.** Quels rapprochements pouvez-vous faire entre ce texte et le roman de Bérengère Cournut ?

## Jørn Riel (né en 1931)

*Le Garçon qui voulait devenir un être humain*, traduit par Susanne Juul et Bernard Saint Bonnet © Gaïa Éditions, 2002.

Le jeune Islandais Leiv fait un jour naufrage au Groenland, où il rencontre deux enfants de son âge, Narua et Apuluk, qui lui apprennent leur mode de vie. Trois ans après son installation au pays des Esquimaux, il fait la connaissance de Rollo, médecin chrétien, moine et chasseur.

**Rollo aimait les animaux, aussi ne lançait-il son harpon ou ne décochait-il sa flèche que lorsqu'il était sûr de toucher sa cible. Souvent, il réprimandait vertement les valets de ferme qui mutilaient les animaux. […]**

**1.** Ou chamane : être qui communique avec les esprits et qui interprète les signes.

## Esprits du Grand Nord

Et Rollo parlait sans arrêt. Il parlait de tout ce qu'il y avait entre terre et ciel et même de ce qu'il y avait sous la terre sur laquelle ils marchaient, et au-dessus du ciel sous lequel ils vivaient. Il expliquait les mœurs du gibier qu'il connaissait presque aussi bien qu'Apuluk, il parlait de la mer, de la glace, il prédisait le temps. Quand il était seul avec Leiv et ses deux amis inuit, il parlait souvent de son dieu qui était le plus grand de tous les dieux. Quand il parlait de Dieu, il voulait à tout prix que Leiv traduise ses mots en inuit.

Leiv aussi était chrétien. Comme son père l'avait été, et son grand-père et le père de celui-ci. Avant eux, les membres du clan Steinursson avaient cru aux anciens dieux Thor et Asa, Odin, Freja et toute la clique. Et si le dieu de Rollo, pour une raison ou une autre, faisait défaut, on pouvait toujours appeler à la rescousse les anciens. Narua et Apuluk, par contre, étaient païens. Ils ne croyaient ni au dieu de Rollo ni aux anciens dieux vikings. Au fond, ils n'avaient pas à proprement parler de véritable dieu vers qui se tourner. Leur monde était peuplé d'esprits bons et mauvais. Les bons esprits, on pouvait à peu près les ignorer puisque de toute façon ils étaient bons ; quant aux mauvais, on faisait de son mieux pour rester dans les meilleurs termes avec eux.

Rollo tenait à entretenir les deux enfants inuit du Christ et de ses actes. Il leur parlait du paradis des chrétiens qui se trouvait quelque part dans le ciel et où tout était merveilleux. Il leur parlait aussi de l'enfer sous la terre, du grand feu où Satan faisait rôtir les malheureux qui n'étaient pas chrétiens.

Narua frissonnait chaque fois qu'elle entendait parler de l'enfer. Elle demanda à Leiv s'il ne lui semblait pas préférable pour elle de se faire chrétienne, parce qu'elle n'avait aucune envie de griller dans le grand feu de Satan là-bas dessous. Leiv ne savait que répondre. Il croyait dur comme fer à ce que racontait Rollo, et lui non plus n'avait aucune envie de voir Narua et Apuluk griller en enfer après leur mort.

Apuluk, lui, restait sceptique.

– Ce petit homme parle avec plus d'une langue, dit-il. Tout le monde sait que le ciel est un endroit froid et désertique où montent seulement les têtes pendantes, ces malheureux qui, de leur vivant, ont démérité et sont condamnés à y errer, et que sous la terre, il fait chaud, qu'il y fait bon vivre et que la chasse y est bonne.

– Mais Rollo nous assure que c'est comme il le dit, protesta Leiv.

– Rollo peut se tromper, répondit doucement Apuluk. Il n'est qu'un homme et ne sait rien de plus qu'un homme.

– Mais Dieu, c'est quoi alors ?

Apuluk haussa les épaules.

– Je suppose que personne ne le sait. Je crois que c'est tout. Nous les Inuit, nous avons Sila. Sila, c'est le temps, c'est la montagne, les rochers, l'herbe – tout. Je crois que Dieu, c'est ça.

– Alors, tu ne crois pas au grand feu sous la terre ? demanda Narua, la voix ragaillardie.

– Non, ni à ça, ni au paradis de Rollo. Je crois simplement qu'il existe le bien et le mal. Le vieux Shili, qui fut un grand chaman, connaît la plupart des bons et mauvais esprits. Il a fait des voyages jusqu'à la lune et en d'autres endroits où le commun des mortels n'a jamais mis les pieds. Et il n'a jamais parlé d'une rencontre avec le dieu de Rollo.

Les mots d'Apuluk apaisèrent Narua pour un temps. Quand son grand frère parlait des nombreux esprits des Inuit, elle se prenait à douter au sujet du Christ. Elle connaissait le vieux monde avec lequel les Inuit avaient toujours vécu, et elle n'arrivait pas vraiment à assimiler ce nouveau dieu qui vivait dans un pays inconnu des hommes et si loin qu'on avait du mal à croire qu'il puisse vraiment exister.

– Il vaut peut-être mieux que tu gardes le dieu que tu connais, dit-elle à Leiv, et que nous, nous gardions nos esprits.

Leiv hocha la tête. Il savait combien les Inuit étaient ancrés dans leur monde d'esprits fantastiques, et il ne souhaitait pas imposer sa religion à ses deux amis.

**Mais le moine, lui, ne renonçait pas si facilement. Il continua à prêcher les enfants, et un jour il fut sur le point de convaincre Narua de se faire baptiser.**

QUESTIONS

**1.** Relevez les noms des différentes divinités évoquées dans cet extrait. Indiquez à quelle religion elles appartiennent.

**2.** Montrez que la vie après la mort préoccupe et inquiète les personnages.

## Jean Malaurie (né en 1922)

*Les Derniers Rois de Thulé* © Plon, coll. « Terre Humaine », 1955.

Le géographe et ethnologue raconte sa mission dans le nord-ouest du Groenland en 1950-1951 et relate la vie et les croyances des derniers Esquimaux polaires. Il donne la parole à Pualuna, chamane d'une tribu du Groenland.

**« Un sorcier, ajoute Pualuna, est immortel. Je veux dire que, si nécessaire, il peut revenir à la vie.**

**« On connaît, dans notre longue histoire, un sorcier qui est réapparu ainsi cinq fois après sa mort. On connaît même un *angakkoq* qui, ayant fait, d'une falaise, une chute mortelle, a vu ses restes mangés par un chien. Grâces lui soient rendues ! Alors même que ce chien l'avait mangé, il revenait à la vie et se présentait au village accompagné de l'animal dont la bouche était encore pleine de sang…**

**« L'histoire de nos ancêtres, vois-tu, nous a appris à découvrir de bien grands mystères. Rien ne nous étonne et nous ne cessons de chercher à comprendre le sens de tout ce qui nous entoure… […]**

## Esprits du Grand Nord

« … Tout est souffle. Et c'est l'essentiel que tu dois noter. Les forces sont nos alliées, nos parentes.

« Encore faut-il que nous soyons en mesure de les déchiffrer pour nous en servir. Une femme aussi bien qu'un homme pouvait être *angakkoq*, mais c'étaient presque toujours des hommes. Certains puissants *angakkut* pressentaient les grands changements de froid ou de chaud, la durée des périodes chaudes, le départ ou le retour des narvals et des phoques, pourquoi le fjord était soudain obstrué par les glaces et pour combien de temps. L'*angakkoq* décidait alors si le village devait déménager ou non. L'*angakkoq* était notre plus sûr protecteur. Sans lui, les *Inuit* seraient tous morts. Chacun d'entre nous et l'*angakkoq,* tout comme nous, les *Inuit,* avons des esprits-gardiens qui aident à capter les forces. Nous tenons bien secrets ces esprits familiers et souvent ils nous visitent dans nos rêves.

« Comment devient-on *angakkoq* ? Par une inspiration ; l'esprit-familier vous parle. Après…, il y a beaucoup d'épreuves solitaires ; un autre *angakkoq* vous enseigne le vaste savoir et le grand parler. Nous pensons que les esprits se transportent en d'autres mondes et, sauf exception, nous ne les revoyons pas.

« Dans certaines occasions particulières, ils se transforment en oiseau, en phoque ou habitent un de ces animaux… On ne connaît pas de limites à ces transformations. Uutaaq t'aurait bien expliqué ces choses.

« Tu lui en parleras lorsque tu passeras à Uummannaq. Lui aussi a été *angakkoq*.

« Mais j'ajouterai ceci encore : il est des esprits mauvais, des *Ilisiitsoq* que personne ici n'aime évoquer.

« Ils s'emparent d'un homme et le rendent *Qivittoq*. L'homme devient comme fou, crie des mots de sorcier, s'agite comme s'il était possédé par un autre qui s'en serait emparé en le pénétrant. Alors il va vers les montagnes où l'on dit que vivent dans la glace et la terre des hommes, moitié sauvages, moitié animaux. Il en est qui en reviennent. J'en ai rencontré, quand j'étais enfant. Je ne te souhaite pas d'en voir, là-haut. Et ces *Ilisiitsut*, ces voleurs d'âme, ces manieurs de *Tupilat*, on les tuait, mais on en avait encore peur, après leur mort. Pour être tout à fait débarrassé, il fallait les tuer d'une certaine façon. Sinon, ils revivaient dans des bêtes. Le chasseur qui prenait un de ces animaux bizarres, ressemblant à un phoque-morse fait par l'homme-sorcier, tombait gravement malade ; il en restait paralysé.

« Encore ceci, et note-le bien : un *angakkoq* est capable de provoquer de grands changements. Nous connaissons, nous, l'histoire d'Arnattartoq, esprit errant, fils d'un homme et d'une femme stérile. Cet esprit sortit du ventre de la femme après un certain temps. Chaque fois qu'on voulait le tuer, il se transformait en renard, en phoque, en oiseau... Toujours il se modifiait. On le harponnait, on le tuait. On croyait bien qu'on le tuait, mais il respirait à travers son petit doigt et quand il respirait si fort à travers son petit doigt, on ne pouvait le saisir. Une fois, il devint même chien. Mais à peine l'eût-on mis près d'une cache à viande pour le nourrir qu'il s'y coucha et se transforma.

« Il craignait l'eau et ne savait comment plonger quand il devint morse. "Frappe fort la voûte du ciel de tes pattes et tu t'enfonceras dans l'eau", lui dirent ses congénères.

« À la fin, il se changea en ours. Les chiens le sentirent, le poursuivirent, le rattrapèrent. Ils le saisirent, qui par une patte, qui par le ventre. Il n'eut, cette fois, pas le temps de devenir un autre vivant. Ainsi finit Arnattartoq qui s'était fait ours. »

## QUESTIONS

**1.** Quels sont les pouvoirs d'un *angakkoq* ?

**2.** Retrouvez, dans *De pierre et d'os*, des personnages ou des situations semblables à ce que raconte Pualuna.

# Esprits du Grand Nord

## Édouard François Zier (1856-1924)

« Sorciers et génies chez les Esquimaux », *Journal des voyages*, 24 janvier 1909, © collection Jonas/Kharbine-Tapabor.

« Ces géants soufflent dans des instruments bizarres, d'une haleine si puissante qu'ils peuvent soulever des tempêtes. »

QUESTIONS

**1.** Décrivez cette gravure.

**2.** Comment interprétez-vous l'identité et le rôle du personnage en haut de l'image ?

# INTERVIEW EXCLUSIVE

*Pour la collection « Classiques & Contemporains », Bérengère Cournut a accepté de répondre aux questions de Stéphane Maltère, auteur du présent appareil pédagogique.*

**Stéphane Maltère** : Dans quelles circonstances êtes-vous entrée pour la première fois en contact avec la culture inuit ?

**Bérengère Cournut** : En découvrant leur art, et plus précisément les petites sculptures en pierre et en os grâce auxquelles les Inuit représentent les animaux et les esprits. Certaines d'entre elles ont des formes très douces, très lisses, très épurées, tout en évoquant avec une grande force l'identité et l'attitude de l'animal représenté (ours, baleine, phoque, oiseau, bœuf musqué…). Plus je regardais ces objets, plus je m'interrogeais sur le peuple capable de produire un art à la fois si simple, si puissant et si évocateur de la nature environnante.

**S. M.** : De quelle manière la recherche documentaire a-t-elle nourri l'écriture romanesque ?

**B. C.** : Je ne voulais pas donner une fausse idée de la vie dans l'Arctique, qui est si différente de celle qu'on mène ici. Alors j'ai lu beaucoup de livres sur les Inuit, j'ai vu des films documentaires – je me suis fiée aux travaux de ceux qui ont vécu longtemps là-bas. Je voulais être la plus précise possible, tout en ne parlant pas d'un lieu ni d'une époque en particulier. Ce qui m'intéressait, c'était qu'on puisse comprendre à quel point les Inuit ont une vision de la vie différente de la nôtre, liée à leur environnement, à leur position si spéciale sur la planète, où même la nuit et le jour ne se succèdent pas au même rythme que chez nous. Et je voulais que le lecteur puisse comprendre cela en suivant mes personnages dans leur quotidien. Alors j'ai décrit leurs outils, leurs vêtements, leurs armes, mais aussi leurs histoires, leurs chants, leurs danses, d'après les descriptions exactes que j'en ai trouvé. Je voulais faire découvrir à mon lecteur un monde qui lui est totalement étranger, mais comme s'il était accueilli dans une famille, entraîné dans la vie parfois très dure, parfois très belle des Inuit.

**S. M. :** Comment est né le personnage d'Uqsuralik ?

**B. C. :** Je venais de finir un livre où je racontais l'histoire d'une enfant hopi (tribu amérindienne d'Amérique du Nord) depuis sa naissance jusqu'à son entrée dans l'âge adulte. Alors, pour explorer un nouveau territoire, il m'a paru naturel de poursuivre ce chemin de vie, en inventant un personnage qui, cette fois, commençait sa vie de femme. Le fait qu'elle perde l'ensemble de sa famille suite à une fracture de la banquise (accident relativement courant dans l'Arctique) me permettait en outre de montrer comment, chez les Inuit, des liens familiaux peuvent se créer en dehors de la filiation biologique. L'adoption est très fréquente là-bas, et à tout âge – ce qui rend la situation d'Uqsuralik légèrement moins dramatique. Elle peut s'agréger à d'autres familles, reconstituer la sienne. Sur ces territoires lointains, la survie n'est pas seulement physique, elle est aussi sociale, liée à des systèmes d'entraide et de solidarité – je trouve ça très riche.

**S. M. :** Quelle image de la civilisation inuit avez-vous souhaité faire passer dans *De pierre et d'os* ?

**B. C. :** Un exemple formidable d'adaptation. Jusqu'à très récemment (courant du XXe siècle), les Inuit ont vécu en totale autonomie sur un territoire incroyablement hostile, notamment en raison du climat. Avec presque rien (les animaux qu'ils chassaient, les pierres qu'ils trouvaient), ils confectionnaient tout ce dont ils avaient besoin. Leurs techniques sont d'une ingéniosité folle, et leur culture se caractérise traditionnellement par l'entraide et l'endurance. Je crois qu'en ces temps où tout change très vite, leur exemple est très inspirant.

**S. M. :** Comment la nécessité d'inclure des « chants » s'est-elle imposée à vous ? Qu'apportent-ils, selon vous, au récit ?

**B. C. :** Recomposer des chants « à la manière » des Inuit m'est tout de suite apparu comme une évidence, tant les chants ont une place importante dans leur culture. Pour ces gens par ailleurs très pudiques, le chant est une façon d'exprimer leurs sentiments, leurs souvenirs, leurs expériences, de façon publique – et souvent très simple, très directe, très poétique. Traditionnellement, les Inuit ne font pas de différence entre les choses « artistiques » et les choses du quotidien. Les chants sont un moyen très naturel de faire entendre différentes voix – y compris celles des morts, des esprits ou des animaux.

**S. M. :** Quelle vision du monde d'Uqsuralik avez-vous voulu faire passer dans ce roman ?

**B. C. :** Je voulais montrer, par l'histoire d'Uqsuralik, qu'il existe des conceptions du monde et de la vie où les morts, les disparus, peuvent continuer de vous accompagner sur le chemin de la vie. C'est très concrètement le cas chez les Inuit, avec la transmission des prénoms, qui est un véritable « retour » de la personne défunte. On porte au bébé le même amour, le même respect que ceux qu'on portait à son ancêtre, dont il vient d'hériter de l'âme-nom. Ça peut nous paraître un peu bizarre au début, mais il me semble qu'en suivant Uqsuralik, Sauniq et Hila, on comprend comment une lignée, ici de femmes, peut faire cohabiter plusieurs générations en les mélangeant, comment les ancêtres peuvent aider les vivants.

**S. M. :** Y a-t-il un ouvrage sur les Inuit que vous conseilleriez à un collégien pour prolonger la lecture de votre roman ?

**B. C. :** J'aime beaucoup les *Poèmes eskimo*, recueillis par Paul-Émile Victor (éditions Seghers), ainsi que son indémodable *Apoutsiak* (Père

Castor, Flammarion), album jeunesse formidablement bien documenté et poétique, qu'on peut lire à tout âge. Enfin, il y a ce beau roman d'aventures de Jørn Riel, *Le Garçon qui voulait devenir un être humain*, où un enfant viking part à la découverte du Groenland.

# INFORMATION/DOCUMENTATION

## BIBLIOGRAPHIE

### Œuvres de Bérengère Cournut

• Romans
– *Par-delà nos corps*, Le Tripode, 2019.
– *Née contente à Oraibi*, Le Tripode, 2017.
– *L'Écorcobaliseur*, Attila, 2008.
• Poésie
– *Wendy Ratherfight*, L'Oie de Cravan, 2014.
– *Nanoushkaïa*, L'Oie de Cravan, 2009.
• Contes
– *Le Roi de la Lune*, Éditions 2024, 2020.
– *Schasslamitt*, Attila, 2012.

### Récits des Inuit et du Grand Nord

• Contes et romans
– Jørn Riel, *La Vierge froide et autres racontars*, Magnard, coll. « Classiques & Contemporains », 2016.
– Jacques Pasquet, *Contes inuit de la banquise*, D'Orbestier Éditions, 2015.
– Jørn Riel, *Le Garçon qui voulait devenir un être humain*, Gaïa, 2099, 10/18, 2013.
– Maurice Coyaud, *Aux origines du monde : contes et légendes des Inuit*, Flies France, 2006.
– Gérard Moncomble, *Les Chants de glace*, « Anaak, fille de l'ours », Milan, 2004.
– Howard Norman, *Contes du Grand Nord*, Albin Michel, 2003.
– Knud Rasmussen, *Contes inuit du Groenland*, Hachette Littérature, 1998.
– Yves Thériault, *Agaguk*, Grasset, 1993.
• Récits de voyages et essais
– Jean Malaurie, *Lettre à un Inuit de 2022*, Pluriel, 2019.
– Georges Péan, *Un libertin chez les Esquimaux*, Éditions du Trésor, 2016.
– Paul-Émile Victor, *Boréal. Une année en pays esquimau*, Points, 2013.

### Documentaires

– Louis de Gouyon Matignon, *Dictionnaire inuit : dialecte du Nunavik*, L'Harmattan, 2019.
– Knud Rasmussen, *Du Groenland au Pacifique : deux ans avec des tribus inuit*, Interfolio Livres, 2018.
– Michèle Therrien, *Les Inuit*, Les Belles Lettres, 2012.

– Marine Degli, Olivier Morel, *L'Art inuit*, Courtes Et Longues, 2010.
– *L'Art inuit*, Fragments, 2006. Georges-Hébert Germain, David Morrison, *Inuit, peuples du froid*, Solar, 1996.

## FILMOGRAPHIE

– Robert J. Flaherty, *Nanouk l'Esquimau* (DVD, Filmedia, 2014).
– Jacques Dorfmann, *Agaguk* (DVD, Opening, 2010).
– Jean Malaurie, *La Saga des Inuit* (DVD, deux films, Ina, 2008).

## SITES INTERNET

– www.quaibranly.fr (« Explorer les collections » : fonds documentaire sur les Inuit)
– www.oceanpolaire.org (« Encyclopédie polaire » : page sur les Inuit)

**Couverture**
*Conception graphique* : Marie-Astrid Bailly-Maître et Yannick Le Bourg
*Illustration* : Juliette Maroni

**Intérieur**
*Conception graphique* : Marie-Astrid Bailly-Maître et Muriel Ouziane
*Édition* : Charlotte Cordonnier
*Réalisation* : Nord Compo, Villeneuve-d'Ascq

**www.magnard.fr**
**www.classiquesetcontemporains.com**

Achevé d'imprimer en avril 2021 en Italie par Rotolito S.p.A.
Dépôt légal : avril 2021 – N éditeur : MAG8120200591

Certifié PEFC
Ce produit est issu de forêt gérées durablement et de sources contrôlées
www.pefc.it
PEFC
PEFC/18-31-103

IMPRIM'VERT
Votre imprimeur agit pour l'environnement